阅 读 是 一 切 美 好 的 开 始

世间万物都在治愈你

李汉荣 著

读者出版社

图书在版编目（CIP）数据

世间万物都在治愈你 / 李汉荣著. -- 兰州 : 读者出版社，2022.11
ISBN 978-7-5527-0700-7

Ⅰ. ①世… Ⅱ. ①李… Ⅲ. ①散文集－中国－当代 Ⅳ. ①I267

中国版本图书馆CIP数据核字（2022）第149803号

世间万物都在治愈你
李汉荣　著

总 策 划	禹成豪　师明月
责任编辑	漆晓勤
封面设计	朱　琳
出版发行	读者出版社
地　　址	兰州市城关区读者大道568号（730030）
邮　　箱	readerpress@163.com
电　　话	0931-2131529（编辑部）　0931-2131507（发行部）
印　　刷	天津鑫旭阳印刷有限公司
规　　格	开本 880 毫米×1230 毫米　1/32
	印张 8　字数 165 千
版　　次	2022 年 11 月第 1 版
	2022 年 11 月第 1 次印刷
书　　号	ISBN 978-7-5527-0700-7
定　　价	49.80元

如发现印装质量问题，影响阅读，请与出版社联系调换。

本书所有内容经作者同意授权，并许可使用。
未经同意，不得以任何形式复制。

目 录

第一辑
人间温情，抚慰人心

002　父亲的鞋子
005　外婆的手纹
009　葫芦架下的母亲
012　替母亲梳头
014　父亲的露珠
019　感念祖先——未经考证的家谱
029　祖父的生日
032　木格花窗的眺望
035　那一串血的殷红
038　堂哥李自发和牛
040　想念杨老师

第二辑

万物可爱，伴我远行

044　多识草木鸟兽之名

047　书虫

050　屎壳郎

052　蟋蟀

056　林中蝴蝶

058　万物都是发明家

067　国贸大厦四十八楼的七星将军

072　燕子筑窝

075　为蚂蚁让路

078　动物的眼睛

083　怀念小白

086　放牛

第三辑

草木芬芳，可染灵魂

092　橘子是一颗心

094　丝瓜藤的美学实验

097　蕨草在我家门前蔓延

100　一群傻瓜在菜地里睡眠

104　槐树记

114　一株野百合开了

118　凝视一朵野花

121　与植物相处

125　核桃树

129　田埂上的野花芳草

132　故乡的稻草

第四辑

山川自在，让人安宁

138 佛坪的云

140 聆听风声

143 田园记忆

147 二里河

149 我把幽谷还给幽谷

152 我的初恋在天上

156 无名山水记

160 雪界

163 在虹的里面

166 星空

171 静夜思

第五辑

有书做伴，内心丰盈

174　记忆光线

177　心说

181　点亮灵魂的灯

188　走近诗佛

201　水边的孔子

203　诗意和美感的源泉

207　诗与药

211　心中的月亮

221　我们为什么活着

225　戴着草帽歌唱——读惠特曼《草叶集》

229　千古诗圣赤子心

237　庄子：真人无梦

第一辑

人间温情,抚慰人心

只是那泉水依旧荡漾着,
贴近它,似乎能听见隐隐水声,
两条小鱼仍然没有长大,一直游在岁月的深处,
几丛欲开未开的水仙,仍是欲开未开,
就那样停在外婆的呼吸里,
外婆,就这样把一种花保存在季节之外。

父亲的鞋子

父亲越去越远,越去越远,他留下的草木,永世芳香。

那年,记得是深秋,父亲搭车进城来看我们,带来了田里新收的大米和一袋面条。父亲放下粮袋,笑着说:"没上农药化肥,专门留了二分地给自己种的,只用农家肥,无污染,让孙女吃些,好长身体。"我掂量了一下,大米有五十来斤,面条有三十多斤。鼓鼓囊囊两大麻袋,不知他老人家一路怎么颠簸过来的。老家到这个城市有近一百里路,父亲也是快八十岁的老人了。看着父亲一头的白发和驼下去的脊背,我没有说什么,心里一阵阵温热和酸楚。父亲看着我们刚刚入住的新房,墙壁雪白,地板光洁,说,这辈子当你的爹,我不及格,没有为你们垫个家底,你们家里,连一块砖我都没有为你们添过,也没有操一点儿心,也没帮过一文钱,我真的不好意思。只要你们安然、安分,我就心宽了。我不住地说,爹你老人家还说这话,我们长这么大就是你的恩情,你身体不错好好活着就是我们的福分,别的,你就别多想了。

父亲忽然记起了什么,说,嘿,你看,人老了忘性大,鞋子里有东西老是硌脚。昨天黄昏在后山坡地里搬苞谷,又到林子里为你受凉的老娘扯了一把柴胡和麦冬,树叶啦、沙土啦,鞋子都快给灌满了,当时没抖干净,衣服上、头发上粘了些野絮草籽,也没来得及理个发,换身衣服,就这么急慌慌来了。走,孙女儿,带我下楼抖抖鞋子,帮我拍拍衣服上的尘土。我说,就在屋里抖一下,怕啥,何必下楼。父亲执意下楼,说新屋子要爱惜,不要弄脏了。

楼下靠墙的地方,有一小片长方形空地,还没有被水泥封死。父亲就在空地边,坐在我从楼上拿下来的小凳子上,脱了鞋子仔细抖,又低下身子让孙女儿拍了拍衣服,清理了头发。上楼来,我帮父亲用梳子梳了头发,这是我唯一一次为他梳头。我看清了这满头的白发,真有点儿触目惊心,但我又怎能看清,白发后面积压了多少岁月的风霜?

第二年春天,楼下那片空地上,长出了院子里往年没有见过的东西,车前子、野茅草、蓑草、野薄荷、柴胡、灯芯草、野蕨秧、野刺玫,在楼房转角的西侧,还长出一苗野百合。大家都感到惊奇,有个上中学的孩子开玩笑说,这不就是个百草园吗?

大家都说,新鲜,真新鲜。也有人说这个院子向阳,有空地就不愁不长苗苗草草。议论一阵也就不再管这事了。

只有我明白这些花草的来历。它们来自父亲,来自父亲的头发、衣服和鞋子,来自父亲的山野。

是的,父亲也许没有带给我们什么财富、权力和任何世俗的尊荣，清贫的父亲唯一拥有的就是他的清贫，清贫，这是父亲的命运，也是他的美德。

但是，比起他没有留下什么，父亲更没有带走什么，连一片草叶、一片云絮都没有带走。

他没有带走的一切，就是他留下的。

连我对他的感念和心疼，他也没有带走，全都留在了我的心里。这么说来，我的所谓的感念和心疼，说到底还是我从父亲那里收获的一份感情，直到他不在了，我仍然在他那里持续收获着这种感情。而他依然一无所有地在另一个世界孤独远行。

是的，他没有带走的一切，就是他留下的。我看着大地上的一切，全是一代代清贫的父亲们留给我们的啊！

何况，我的父亲，曾经，把他的山野、他的草木、他的气息都留给了我们。

他清贫的生命，又是那般丰盛和富有，超过一切帝王和富翁。在他的衣服上拍一下，鞋子里抖一下，就抖出一片春天。

那么，我们这些自以为是地活着的人们，又能给世界留下什么呢？我们敢于践踏一切的鞋子里，除了欲望的钉子和冷酷的铁掌，还有别的可以发芽开花的种子吗？

父亲越去越远，越去越远，他留下的草木，永世芳香。

外婆的手纹

我一针一线临摹着外婆的手纹、外婆的心境。泉,淙淙地涌出来;鱼,轻轻地游过来;水仙,欲开未开着,含着永远的期待。

外婆的针线活做得好,周围的人们都说:她的手艺好。

外婆做的衣服不仅合身,而且好看。好看,就是有美感,有艺术性,不过,乡里人不这样说,只说好看。好看,好像是简单的说法,其实要得到这个评价,是很不容易的。

外婆说,人在找一件合适的衣服,衣服也在找那个合适的人,找到了,人满意,衣服也满意;人好看,衣服也好看。

她认为,一匹布要变成一件好衣裳,如同一个人要变成一个好人,都要下点功夫。无论做衣或做人,心里都要有一个"样式",才能做好。

外婆做衣服是那么细致耐心,从量到裁到缝,她好像都在用心体会布的心情,一匹布要变成一件衣服,它的心情肯定也是激动的,还充满着期待,或许还有几分胆怯和恐惧:要是变得不伦不类,甚至很丑陋,布的名誉和尊严就毁了,那时,布也许是很伤心的。

记忆中，每次缝衣，外婆都要先洗手，把自己的衣服穿得整整齐齐，身子也尽量坐得端正。外婆总是坐在光线敞亮的地方做针线活。她特别喜欢坐在院场里，在高高的天空下面做小小的衣服，外婆的神情显得朴素、虔诚，而且有几分庄严。

在我的童年，穿新衣是盛大的节日，只有在春节、生日的时候，才有可能穿一件新衣。旧衣服、补丁衣服是我们日常的服装。我们穿着打满补丁的衣服也不感到委屈，这一方面，是因为人们都过着打补丁的日子，另一方面，是因为外婆在为我们补衣的时候，精心搭配着每一个补丁的颜色和形状，她把补丁衣服做成了好看的艺术品。

现在回想起来，在那些打满补丁的岁月里，外婆依然坚持着她朴素的美学，她以她心目中的样式"缝补"着生活。

除了缝大件衣服，外婆还会绣花，鞋垫、枕套、被面、床单、围裙都有外婆绣的各种图案。

外婆的"艺术灵感"来自她的内心，也来自大自然。燕子等各种鸟儿飞过头顶，它们的叫声和影子落在外婆的心上和手上，外婆就顺手用针线把它们临摹下来。外婆常常凝视着天空的云朵出神，她手中的针线一动不动，布，安静地在一旁等待着。忽然会有一声鸟叫或别的什么声音，外婆如梦初醒般地把目光从云端收回，细针密线地绣啊绣啊，要不了一会儿，天上的图案就重现在她手中的布料上。读过中学的舅舅说过，你外婆的手艺是从天上学来的。

那年秋天，我上小学，外婆送给我的礼物是一双鞋垫和一个枕套。鞋垫上绣着一汪泉水，泉边生着一丛水仙，泉水里游着两条鱼儿。我说，外婆，我的脚泡在水里，会冻坏的。外婆说，孩子，泉水冬暖夏凉，冬天，你就想着脚底下有温水流淌，夏天呢，有清凉在脚底下护着你。你走到哪里，鱼就陪你走到哪里，有鱼的地方你就不会口渴。

枕套上绣着月宫，桂花树下，蹲着一只兔子，它在月宫里，在云端，望着人间，望着我，到夜晚，它就守着我的梦境。

外婆用细针密线把天上人间的好东西都收拢来，贴紧我的身体。贴紧我身体的，是外婆密密的手纹，是她密密的心情。

直到今天，我还保存着我童年时的一双鞋垫。那是我的私人"文物"。我保存着它们，保存着外婆的手纹。遗憾的是，由于时间已经过去三十年之久，它们已经变得破旧，真如文物那样脆弱易碎。只是那泉水依旧荡漾着，贴近它，似乎能听见隐隐水声，两条小鱼仍然没有长大，一直游在岁月的深处，几丛欲开未开的水仙，仍是欲开未开，就那样停在外婆的呼吸里，外婆，就这样把一种花保存在季节之外。

我让妻子学着用针线把它们临摹下来，仿做几双，一双留下作为家庭"文物"，其他的让女儿用。可是我的妻子从来没用过针线，而且家里多年来就没有过针线。妻子说，商店里多的是鞋垫，电脑画图也很好看。现在，谁还动手做这种活。这早已是过时的手艺了。女儿在一旁附和：早已过时了。

我买回针线,要亲手"复制"我们的"文物"。我把图案临摹在布上,然后,一针一线地绣起来。我静下来,沉入外婆可能有的那种心境。这心境或许是孤寂和悲苦的,在孤寂和悲苦中,沉淀出一种仁慈、安详和宁静。

我一针一线临摹着外婆的手纹、外婆的心境。泉,淙淙地涌出来;鱼,轻轻地游过来;水仙,欲开未开着,含着永远的期待。我的手纹,努力接近和重叠着外婆的手纹。她冰凉的手从远方伸过来,接通了我手上的温度。

注定要失传吗?这手艺,这手纹。

我看见天空上,永不会失传的云朵和月光。

我看见水里的鱼游过来,水仙欲开未开。

我隐隐触到了外婆的手。那永不失传的手上的温度。

葫芦架下的母亲

我妈的美感和艺术灵感来自大自然,来自她劳作、生活的田野、山水、草木和花鸟,来自她对美的事物的直觉领悟。

初夏的早晨,我妈吃过饭,就在门前院子的葫芦架下,坐在竹凳上为我们缝补衣服,哥哥的书包带子断了,我妈要给接上;我的裤子膝盖上磨了个小洞,我妈要给修补;爹的衬衣、姐姐的枕巾、妈自己的布鞋,都等着她去连缀,去重新出落得完好。

暖和的阳光洒在葫芦架上,嫩绿的叶子窸窸窣窣,嬉笑着伸开手掌互相抚摸,一高兴,它们手里捧了一夜的露珠,不小心洒了下来,有几颗刚好掉在我妈的脸上。我妈伸手抹了一下,放进口里,"好甜的天露水哟。"我妈叹了一声,又自言自语:天意呀,天降甘露,今天怕是个好日子哩。

我妈开始穿针走线了。葫芦叶子的影子,掉在她的身上、手上,掉在针线篮里,掉在哥哥的书包上,掉在那些等待着的衣服上、裤子上、鞋子上、针线上,掉在她的心思上。

我妈灵机一动,其实,也不是灵机一动,这在我妈已成习惯了,是仅属于我妈的秘密习惯——取来她的孩子们用的铅笔,将那从各个方向投影下来的葫芦叶子们画下来，就画在那接待影子的布上。若觉得掉在恰好的地方，好看，正合适点缀点儿什么，就依照那样式，略加放大或缩小，一针一线缝好绣好，她的艺术品就成了。瞧，此时，被我那顽皮的膝盖磨破的裤子上的窟窿，正被一片翠绿的胖叶子补丁覆盖了，那本来寒碜的补丁，却成了有趣的、摇曳着的一片初夏的叶子。

快到正午了，一片叶子的影子，定定地守在刚展开的姐姐的枕巾上，好像不愿走了。妈说：这是缘分和天意，咋不早不晚，偏偏就在这时，是这片叶子，来到丫头的枕巾上，怕是要为她送些吉祥好梦？我妈就把这安静清凉的叶子，挽留在姐姐的枕上，挽留在她青春的梦边。

我妈爱说缘分、天意，却很少说运气之类。可是我要说，我哥的运气比我好，你看，这时候轮到为他缝书包带了，一朵正在开着的葫芦花——它正在鼓足劲儿开花瓣儿，那花瓣儿还没开圆哩，它把还没有开完的花影儿匆忙地投在哥的书包上。我妈看见了，花就在她的手边颤呢，花心里还噙着亮晶晶的露珠儿。妈抬起头，望了望绿莹莹的葫芦架和蓝莹莹的天，然后把目光停在手边的葫芦花上。妈微笑着，笑意、暖意和神秘的天意，满当当地漾在妈的脸上、心上。此时，她整个儿被一种比我们后来漫不经心挂在口上的所谓诗意呀、禅意呀等更为圆融深挚的情感暖流和纯真欢喜给笼罩和充盈了，那是一种只有上苍能够给予的福气和喜气。

我妈就把那刚开的、花心里还噙着露珠的葫芦花，绣在我哥的书包上了。你说，我哥的运气多好！

我妈几乎不识字，仅认得"一二三天地人山水田土木火上中下……"总共就三十来个字，也没受过什么美学教育和艺术培训，但是，有很纯正的美感，有她朴素的美学。我妈的美感和艺术灵感来自大自然，来自她劳作、生活的田野和山水，来自周围的草木和花鸟，来自她对美的事物的直觉领悟。我家门前这菜园，这蓬勃着青藤、绿叶、黄花的葫芦架，就是我妈的美学课堂。就在此刻，在这个早晨，在葫芦架下，我妈凝神静气，感受着天意，进行着对大自然的模仿和美的创造……

替母亲梳头

归鸟在天边,领略落日的宁静;我在母亲温柔的呼吸里,感受生命的庄严……

替母亲梳头的时候,是我最认真的时候,比读名著、比祈祷、比写诗还要专注和激动。

说不清是幸福还是伤感。一种混合的感觉,复杂又深沉。不只是幸福,是充满了伤感的幸福;不只是伤感,是饱含着幸福的伤感。

想一想我这颗头颅的经历吧。是母亲忍着剧痛让它最先降生于黎明的血光,是母亲第一次为我洗头,是母亲看着我的头发像青草一样一根根长出来,是母亲第一次为我设计发型。我这一头的黑发,是母亲精心照料的一片庄稼。

母亲打扮了我多年,终于有了我打扮母亲的机会,终于能从高处俯瞰母亲了,终于能抚摸母亲那风雨漂洗了几十年的头发。这是做儿子的幸福,我又能像儿时那样亲近母亲了。

但是,母亲哪,纵然我有再高深的美学,我怎么才能把你打扮成一个美丽的小姑娘呢?我确信,你年轻时是很美丽的。但那时候我不认识你。那时候，我也许是溪水，抢拍过你匆匆投下的倒影；那时候我也许是轻风，摇曳过你害羞的辫梢。

梳子变得沉重起来，推不动这岁月的积雪。雪山在远方，不，雪山在我身边，我是个渺小的登山队员，母亲是高高的雪山。曾经，我在远处欣赏雪山的崇高和静穆，当我来到山顶，才发现生命的峰巅，海拔最高的地方，积压着亘古的严寒。

毕竟我还是幸福的。我为母亲梳头。我在雪山顶上流连。归鸟在天边，领略落日的宁静；我在母亲温柔的呼吸里，感受生命的庄严……

父亲的露珠

唯一举目可见、掬起可饮的,是草木手指上举着的、花朵掌心捧着的清洁的露珠。

一

每个夜晚,广阔的乡村和农业的原野,都变成了银光闪闪的作坊,人世安歇,上苍出场,叮叮当当,叮叮当当,上苍忙着制造一种透明的产品——露珠。按照各取所需的原则,分配给所有的人家和所有的植物。高大的树冠、细弱的草叶、谦卑的苔藓、羞怯的嫩芽,都领到了属于自己恰到好处的那一份。那总是令人怜惜的苦菜花瘦小的手上,也戴着华美的戒指;那像无人认养的狗一样总是被人调侃的狗尾巴草的脖颈上,也挂着崭新的项链。

二

看看这露珠闪耀着的原野之美吧。你只要露天走着、站着或坐着,你只要与泥土在一起,与劳动在一起,与草木在一起,即使是夜晚，上苍也要摸黑把礼物准时送到你的手中，或挂在你家门前的丝瓜藤上。这是天赐之美、天赐之礼、天赐之福。总之，天赐之物多半都是公正的。天不会因为秦始皇腰里别着一把宝剑，而且是皇帝，就给他的私家花园多发放几滴露珠，或特供给他一道彩虹。相反，秦始皇以及过眼烟云般的衮衮王侯、将相、富豪、贵族，他们占尽了人间风光和便宜，但他们一生丢失的露珠太多太多了。比起我那种庄稼的父亲，他们丢失了自然界最珍贵的钻石，上苍赐予的最高洁的礼物——露珠，他们几乎全丢失了，一颗也没有得到。我的父亲却将它们全部拾了起来，小心地保存在原野，收藏在心底，他那清澈忠厚的眼睛里，也珍藏了两颗露珠——做了他深情的瞳仁。若以露珠的占有量来衡量人的富有程度，我那种庄稼的父亲，可谓当之无愧的富翁。

三

　　物换星移，被强人霸占的金银财宝，总是又被别的强人占去了。而我的父亲把他生前保存的露珠，完好地留给了土地，土地又把它们完好地传给了我们。今天早晨，我在老家门前的菜地里，看到的这满眼露珠，就是父亲传给我的。美好和透明是可以传承的，美好和透明是无常的尘世唯一可以传承的永恒之物。如果不信，就在明天早晨，请看看你家房前屋后，你能找到的，定然不是什么祖传的黄金白银、宝鼎桂冠，它们早已随时光流逝、世事变迁而不知去向，唯一举目可见、掬起可饮的，是草木手指上举着的、花朵掌心捧着的清洁的露珠，那是祖传的珍珠钻石。

四

这是农历六月的一天，早晨，天蒙蒙亮，我父亲开了门，先咳嗽几声，与守门的黑狗打个招呼，吩咐刚打过鸣的公鸡不要偷吃门前菜园的菜苗，而菜园里的青菜们，远远近近都向父亲投来天真的眼神，看见父亲早早起来第一件事就是关心它们，它们对父亲一致表示感谢和尊敬。有几棵青笋竟踮起脚向父亲报告它们昨夜又长了一头。父亲点点头夸奖了它们。然后，父亲扛着那把月牙锄，哼一段小调，沿小溪走了十几步，一转身，就来到了那片荷田面前，荷田的旁边是大片大片的稻田，无边的稻田。父亲很欢喜，但他却眯起了眼睛，又睁大了眼睛，然后又眯了几下眼睛，好像是什么过于强烈的光亮忽然晃花了他的眼睛。过了一会儿，他的眼神才平静下来。父亲自言自语了一句：嘿，与往天一样，与往年一样，还是它们，守在这里，陪着庄稼，陪着我嘛。父亲显然是被什么猛地触动了。他看见什么了？其实也没什么稀奇的。父亲看见的，是闪闪发光的露珠，是百万千万颗露珠，他被上苍降下的无数"珍珠"，被清晨的无量"钻石"团团围住了，他被这在人间看到的"天国景象"给照晕了。荷叶上滚动的露珠，稻苗上簇拥的露珠，野花野草上镶嵌的露珠，虫儿们那简陋地下室的门口，也挂着几盏露珠做的豪华灯笼。父亲若是看仔细一些，他会发现那棵车前草手里，正捧着六颗半露珠，那第七颗正在制作中，还差三秒钟完工。而荷叶下静静蹲着的那只青蛙的背上，驮着五颗露珠，它一动不动，仿佛要把这一串宝石，偷运给一个秘密国度。父亲当然顾不得看这些细节。他的身边、他的眼里、他的心里，是无穷的露珠叮当作响，是无数的露珠与他交换着眼神。我清贫的父亲也有无限富足的时刻。此时，全世界没有一个国王和富豪，清早起来，一睁开眼睛就收获这么多的露珠。

五

钢筋和水泥浇铸着现代人的生活，也浇铸着大地，甚至浇铸着人心。城市铺张到哪里，钢筋和水泥就浇铸到哪里。哨兵一样规整划一的行道树，礼仪小姐一样矫揉造作的公园花木，生日点心一样被量身定做的街道草坪——这些大自然的标本，草木世界的散兵游勇，只能零星地为城市"勾兑"极有限的几滴露水。露珠，这种透明、纯真，体现童心和本然，体现早晨和初恋的清洁事物，已难得一见了，鸟语、苔藓、生灵、原生态草木、土地墒情氤氲的雾岚地气也渐渐远去。

就在明天，我要回一趟故乡，那里的夜晚和早晨，那里的山水草木间，那里的人心里，那里的乡风民俗里，也许还保存着古时候的露珠和童年的露珠，还保存着父亲传下来的露珠。

感念祖先——未经考证的家谱

后人就是先人的影子，后人也是先人们遥远的回声。

记得童年时，我家的堂屋里是供着先人的灵牌的，大人们把那叫作"先人牌牌"。房屋是祖传的瓦屋，一共四间，靠西第二间就是堂屋，正中的灵牌整齐地摆了一排，依次是祖父、曾祖父、太祖父，以及旁系的先人们。那时我还未上学，也不识字，不懂得辈分的排序，更不理解这里面宗教的、伦理的奥秘，但隐隐感觉到有一种神秘，一种对时间的畏惧，一种生命传递的深奥秩序。

每当逢年过节，比如除夕、父母的生日、中秋夜，我们兄弟姐妹都要在父母的带领下，向先人们跪拜、叩头、献祭。献祭的礼物，我记得有时是几个鲜桃，有时是几个馒头，中秋夜，自然是献几块月饼和一盘大枣。但是，过不了几天，大人们就让我们分吃了这些祭品，父亲说：这是你们的祖父、曾祖父、太祖父舍不得吃，留下让你们吃的，你们吃了，就要听话、勤快、孝顺，祖宗们就会为你们高兴，为你们添福。

那时，我常常望着排列整齐的先人们，想象着，倘若他们真的能活过来,从他们的姓名里走出来,忽然站在我们面前,他们会说些什么?

当时还不懂"遗传",但父母说:先人们会把他们的长相、眼神、脾气、口音传给后人。后人就是先人的影子,后人也是先人们遥远的回声。那时流行看手指上的纹路,辨手相,猜命运,男左女右,指纹上有箩箩,有筐筐,箩箩盛米,是富贵命相;筐筐挑土,是穷苦命相。我们看着手上的箩筐,猜测着可能的命运,虽然是游戏,但也有几分严肃,对那尚未完全展开的命运,生出朦胧的恐惧和期待。

我常常对着先人牌,想象着:我手上的这些箩箩筐筐,曾经长在谁的手上?而那些看不见的手,曾握住了怎样的命运?他们的筐筐里装了些什么?他们的箩箩又带走了什么?

不等我上学读书,一场突如其来的风暴席卷了大地,也毁掉了被指责为"封建遗物"的先人牌。先人们从此失踪了,彻底退出了我们的生活。当时还隐隐觉得痛快:这样至少解放了膝盖,从此再没有祭礼,再不用叩头下跪,再不用吃先人们"吃"剩下的东西。从此,我们不再有先人,我们不知道,也不想知道自己是谁的后人。

多年后我才知道,先人失踪的那一刻,我们也失去了仅有的一点儿仪式化的生活;先人彻底死去的那一刻,寄存在时间中的那点儿不死的灵性和记忆,从此也彻底死去;先人退出了我们的时间,我们也退出了古今相连的时间。从今往后,我们活在时间的碎片里，记忆的线索被一把揪断，时间和生活，从此变成碎片。

于今看来，那整齐站立的祖先，是连绵不断的时间，是传递不息的记忆，是口音不变的方言，是传道不止的老师。

先人失踪了，从此我不知道我是谁的后人。

如今我连我的祖父的名字都不记得了。只知道他的字是"彩"。李彩，这是怎样一个鲜活，甚至有点儿缤纷、热闹的名字呢？据说他上过私塾，喜欢中医和书法。童年时，我在墙壁上看过他写的毛笔字，那是他习帖练字时写在宣纸上的，后来贴在墙上当墙纸。现在还隐隐记得那字写得苍劲，特别是刀撇十分漂亮，看得出写字的那双手是何等专注。但我只能看到他被随意贴在墙上的手迹。我想象那双手，我祖父的手，想象那双眼睛，我祖父的眼睛。远在我出生之前，他已死去多年，据说只活了四十岁左右。我不知道我那名叫李彩的爷爷，究竟活得有没有色彩？是不是恰恰因为岁月太黯淡了，才期待多一点儿色彩？很可能，不甘寂寞，才梦想着活出一点儿别样的动静？但是，我终于看见他了，他的手固执地穿过时间，固执地伸进了我的生活，他那么认真地在我们简陋的生活里写下庄重的繁体字，他把手温留在纸上，留在墙上，在四面漏风的生活里，他怕我们受冷。当粗暴的闪电透窗而来，他紧贴墙壁，打着古老的、复杂的手势，企图挡住什么，并抚慰易受惊吓的生活。

据说我的曾祖父是一位盐商，生意做得不大，一生都东奔西跑，一生都在向人间加盐。他充满盐的生活，一定有许多苦涩的细节。没有人比一个盐商更懂得苦多乐少的生活道理。谁也离不了盐。日子需要盐来加味，骨头需要盐来加固，泪水需要盐来"勾兑"。据说他贩的是海盐。经由他的手，千家万户的碗里都尝到了海的味道，他把大海均匀地引进无数生活。海并不知道这个渺小勤苦的人在奔忙什么，海忙着海的事情，海不关心波浪以外的事物。后来我的曾祖父死于一次长途贩运，另一说法是死于海潮拍岸的夜晚。他一生都在盐里奔波，最后与盐融为一体，盐主宰了他的一生，也总结了他的一生。有时候，我想我为什么总是多愁善感，经常悲悯那受难的生灵和受苦的人们，却很少有绝对幸福的感受，并固执地认为生命不是一次享乐，而是一次历险，一种担当，一种对黑暗宇宙的眺望和呼唤。人，不仅要承受命运施予自身的重压，也要分担自身之外的更多命运，分担自然界和人世间的无穷苦难，人生的最高境界绝不是获得现实的福利，人生的最高境界是觉悟到宇宙和万物都在受苦受难，并以自己的爱心和善行分担这种苦难，在发自内心的苦难承担中，感受到一种心灵的崇高幸福。我自认为我的宇宙观中浸透了盐的成分，我的生命观中充满了海的气息。这植入血脉的气质，必来自一个久远的遗传。我知道，我那在盐里奔忙一生的曾祖父，把太多的盐沉淀在基因里。而他的身后，是无边无际的海，是层出不穷的盐。

有关我太祖父的说法，已近于传说了，父母的说法与上了年纪的乡邻的说法，提供了多种版本，而且多是不连贯的片段。随着时间的推移，太祖父也越来越成为古人，关于他的那些片段说法，也就成了古代传说。据说他当过土匪，有一次大雪封山，他与土匪兄弟们失去联系，躲在山洞里险些冻饿而死，一个猎人救了他。为了报恩，他就与猎人结拜为兄弟，并从此成为勤劳的良民，后来发家致富，娶猎人妹妹为妻。为了纪念这深山的缘分，他为自己改了名字叫缘山。另一种说法是，我的太祖父跟随洪秀全的军队南下反清，作战很是勇猛，他极善刀术，在他的刀下次第倒下很多冤魂。后来起义兵败，他带着浑身的伤疤和剩下的一只左胳膊，还带了一个南方女人，悄悄返回老家，置了几亩薄田，养了几个儿女，在伤口里，在刀光剑影的记忆里，度过了貌似安详的余生。

我的这位祖先，他扑朔迷离的身影，他波浪迭起的生平，使线形的时间充满了曲折，使平常的、从事农业生产的家谱，有了峰峦般的悬念。

我的祖先仅仅就是这位祖先吗？不，那位猎人也是我的祖先，那饥寒中的搭救，不仅搭救了一个土匪的性命，而且搭救了他的灵魂，也顺便搭救了遥远的我，使我有可能成为他的后人，使我的语言能对他进行隔世的诉说。此刻，我知道，比起我的祖先，有一个人更像是我的祖先，他搭救了我的祖先，也把我从虚无中搭救出来，使我成为我祖先的后人。

而那个只剩下左胳膊的男人，他的右胳膊丢在了哪里？想来,这个男人搂抱的空间是太大了些,右胳膊抱住了南方的土地,化进了南方的土地;左胳膊搂住了北方的夕阳,没入了北方的夕阳。那搂抱的姿势太残酷了,用力过猛的爱,更像是恨。幸存的左臂、左手,一直在为右面的——为右面的过去,忏悔或战栗?据说这左手写得一手好字,且写了一部厚厚的书,那一定不是一部闲适的书、消遣的书,一定是放弃剑的手对剑的沉思,一定是浴过血的手对血的祭奠。而我的左手,有生以来不曾写过一个字,它笨拙得连"左"都不会写,它一丁点儿也没有继承那遥远的手功,那只是手的漫长历史里短短的误会,根本没来得及改变手的基因;我的右手只习惯于翻书、抚摸绿叶、写字或掬起一捧河水,对尖锐之物和一切凶器始终怀有敌意并保持距离——这是否因为,在灵魂的附近,出没着一只最终返璞归真的手,在劝阻和教诲我?

由此,我不能说我的先人已经失踪或死去。我的先人比我更活跃,更无处不在。我日出而作,日落而息,我的先人日出而作,日落不息,我的先人没有日出日落,我的先人就是那循环不已、照看天地、环绕我四周的永不下沉的日。

生命作为整体看似顽强,而具体的生命极其脆弱。孕妇的一个猛烈喷嚏,可能断送一个生命;路人的一缕善念、一个援手,可能搭救某个陷于绝境的个体的命运。

我常常想象,世世代代不停传递的血脉在到达我之前,一路经历了几多凶险、几多不测、几多火情、几多潮汛?这血脉如同火把，穿过黑夜，又进入黑夜，然后又穿过黑夜。风吹、雨浇、悬崖、深谷、天灾、人祸，举火把的那些手，稍有闪失，都会使火把熄灭，火种失传，都会使一线血脉中断，一座庙宇倒塌，一个家族绝灭。终于，血脉穿过时间的千山万水，到达了此刻，到达了我。细想想，这怎能不是一种奇迹！宗教徒总是在自己的信仰里强调神的奇迹，其实，我们不必舍近求远，这天地就是神庙，这生命就是神迹，生命传递的故事，无须改写和神化，本身就充满奇迹。生命的谱系，往深里读，就读成了神的谱系。与其说我们在崇拜神，不如说我们是在崇拜生命，以及那造就着生命，又包容着生命的天地和天地间那庄严深刻的秩序。

因此，我常常感念，感念几百万年前那第一个直立行走的猿人，他是我的远祖。感念几十万年前那位母亲，她管理着一个氏族，温暖着那些粗莽的男人，在一个悬念重重、没有理性阳光照耀的混沌天空下，她用母性的双手疏导着蛮荒的生命之河，使我们有了可以漂流而下的上游，她是我最伟大的祖母。感念那用手指在大地上画下第一根线条和第一幅图案的人，他是我最智慧的祖先，是大师中的大师，因了他，万物从此被人辨认和书写，直至一笔一笔画出了自己的心灵，于是日月星辰都见证着心灵并注释着心灵，一切的存在都与心灵发生联系并丰富了心灵，他应该是我们精神的共同祖先。感念那位武将，他阻止了一场毁灭性的凶险战火，他用剑装订了险些散失的族谱，他用大勇行大善，我今天回旋于心室的血液，与数千年前的他的体温和心跳有关，他是我永远都要敬重的最有血性的祖先。感念那位巫师，那位占星士，他以神秘的语言向帝王解释天意，实则是以星相说世相，以天意传民意，他以天的法典制止了帝王的暴戾，他用非理性的方式传达了人们内心深处的朴素理性，使那迷狂的王朝也有祥云降临，百姓的夜晚也能看见几颗照明的星斗，他，一个夜夜眺望星空的人，冥想而不得其解，不得其解而总是冥想，他是我最神秘的祖先。感念那位诗人，他打磨语言如上帝打磨星辰，内心的夜晚终于被他一点点打磨得精致而明亮，那些狂乱的心跳，渐渐停靠在和谐的韵脚上，于是生活渐渐有了朗朗上口的发音，爱情也有了含蓄的意境，石头的山和液体的水，从此成为崇高的英雄和婉约的女子，我今天使用的语言都被他反复凝视和打磨过，我说话，不过是他的另一种回音，语调则基本相同，我写字，不过是他的另一种姿势，字体则大致相似，毫无疑问，他是我最有美感、最富诗情的祖先。感念那位农夫，他从炊烟走进雨雾，从牛羊走向稼禾，他一生都没有走出阡陌，他一会儿横着走，一会儿纵着走，他把沟沟坎坎的农业，走成四四方方的田园，走成四四方方的生活，我身上的每一寸肌肤都曾经在他身上，我手上的每一条纹路都曾经在他手上，淋湿我脸的雨水也曾淋湿过他的脸，扎破我手的荆棘也曾扎破过他的手，透过每一株植物，我都能看见他辛劳的背影，那总是弯着腰的他，那知足常乐却经常愁苦的他，正是我勤劳的祖先。

我当感念，怎不感念：那沿路乞讨的乞丐是我的祖先，大灾之后，走投无路，他完全可以一死了之、一了百了，然而他委屈着自己，以有损尊严的方式保存了性命，也最终保存了尊严。他的乞讨，不仅验证了灾后的大地并非颗粒无收，灾后的人心也并非颗粒无收，而且他使险些中断的血脉不致中断，一直延伸到此时此刻我的心跳、我的怀想和我对他隔世的感恩。

我当感念，怎不感念：那低眉颔首、素衣青丝的女子，她出生大户，却下嫁一介乡间寒儒。她不仅为他带来了美貌，带来了琴棋书画，带来了风度和教养，也为这个家族带来了高贵的基因。从此，因了高山雪水的融入，小河变得开阔，加大了流量，并生发出浑厚的潮音。我常想，我左脸这长得太偏的痣，也许在数百年前，曾生长在她的眉心，那么确定和恰好的位置，好似一种不偏不倚的美学，呈现大美的人，必是天地运行与血脉运行的共同造物，在一个神秘时刻里的浑然杰作，如同北斗七星的神妙造型，必是天地星辰亿万载运作才提炼的动人意象。那么，接受我隔代的感恩吧，我温柔的祖先，我美貌的祖母。

我当感念，怎不感念：激流中的那只船，搭载了我下沉的祖先；黑夜里的那盏灯，抚慰了我迷路的祖先；那只可敬的大白狗，惊醒了熟睡的家族，斥退了行凶的恶人，营救了我那安分守己的祖先；还有，那只灰母鸡，以它温顺的死，它宿命般的牺牲，滋养了虚弱的孕妇，那清香的鸡汤，那清香的渐渐红润的黎明。我们总是不得不在世界的柔弱部位，索取别的生命的温热，以减少我们自身的寒冷。此刻，我不能不说，我的生命与几百年前的那只灰母鸡有关,在那个早晨或夜晚,当雄鸡开始第二次啼鸣的时候,那只灰母鸡,它温存地(多么值得同情和感恩)帮助了我的祖先……

是的,我常感念,怎不感念?情到真时,思到深处,我发现——

时间深处那些渐行渐远的人,都是我的祖先;

这涵纳我的天地,这环绕我的万物,都是我的祖先……

祖父的生日

他想起一生中遇到的那些动人的眼睛,那闪烁的,都是天上的光啊!

祖父今天很高兴。今天是他七十六岁生日。

不等天亮,他就起来了。他挂着拐杖到地头撒尿的时候,房檐下的那只大红公鸡正仰着头大声啼鸣。公鸡仰起的头正好对着他,他望着公鸡那起劲的样子,忍不住笑了,自言自语了一句:叫谁呢?我不是起来了吗?

祖父提起裤子看了看田野,油菜快要开花了,麦苗也在暗暗鼓劲,要疯长一阵;蚕豆花,他忽然想起了蚕豆花,低下头,才发现他刚才的尿就撒在蚕豆花上,他歉疚地,也有点儿害羞地说:对不起了,不知道烫着你们没有?要是烫着了,就歇歇神儿,少结一点儿豆子吧。不过他又想:我那尿水儿还有那么热火吗?怕是最适合庄稼们的口味吧。

他又习惯性地抬头看了看天色,北斗的勺柄已隐去,天上的夜宴已接近尾声;银河已经关闸,河床上停着几片淡云;启明星亮得过于固执了一点儿,就好像专为他一人亮的,直向着他递眼神,天上的眼睛总是又亮又固执,他想起一生中遇到的那些动人的眼睛,那闪烁的,都是天上的光啊!祖父的眼睛莫名其妙地湿润了。

他揉了揉眼睛,继续看天色,天心有些淡云,天边有些薄云,稀稀落落的几粒星也陆续走了。夜晴没好天,昨夜是个半晴半阴的天,今天定是个大晴的好天气——祖父这么想着。

"哗"的一声,日头蹦出了地面,村庄的屋顶,原野的上空,到处闪着缭乱的光斑。

八点钟,叔叔和父亲领着木匠来了,那副松木棺材已经做好两年了,今天要让祖父看看,请他验收,如哪里不满意,还可以再加工。木匠手里提着斧头和刨子。

祖父仔细看着棺材,用手抚摸着平滑的棺木和翘起的棱角,眼里闪着激动的光芒。松木的香气陶醉了他,他深深呼吸着,真好闻啊,他说。祖父把手放在木匠的肩上,感激地说:谢谢你啊,你为我做了这么好的家当,往后的千年万年,我都要受用它了。

九点钟,儿媳们、女儿们、侄儿们、孙子们都来了,他们都穿着新衣服,今天是祖父的生日,是大家的节日。

叔叔点燃了一串鞭炮,庆贺这个节日,庆贺祖父的寿棺完工。

祖父把一捧捧水果糖撒给孩子们。

祖父忽然提了个建议,他要躺进棺材去试一试那种感觉。

媳妇们和女儿们不忍看,就到田野里去看风景。

孩子们还在捡拾那些没有燃放的鞭炮,用火柴点燃,然后捂着耳朵,盼着那响声又害怕那响声。

祖父被叔叔和父亲从棺材里扶起来,他笑眯眯地说:很舒服,很清静,很安稳。

十二点,寿筵开始了。孩子们叽叽喳喳闹成一片。邻居的白狗和花猫也赶来凑热闹,在桌子底下跑来跑去,像忙碌的天使。

祖父对叔叔和父亲说,你们去吃饭吧,让我一个人坐在这里,养养神儿,想想心事。

祖父背靠棺材安静地坐着,他微闭双眼,两手放在胸前,一副气定神闲的样子。阳光从榆树梢上打过来,松木棺材闪着光斑,祖父古铜色的脸上闪着光斑。

他一动不动,他在想心事。谁也不知道他在内心里走了多深多远。

我忽然觉得那棺材是一艘船。它将在另一个地方远航,在另一片浩瀚神秘的海洋里远航。祖父将驾着这艘船去到不可知的远方。

起航前,船长是要蓄积精力的。

我悄悄地坐在祖父身边,凝视着他的脸。

祖父,在往事里已经走得很深很远……

木格花窗的眺望

人居住在它们中间,受它们庇护,也庇护着它们。

花窗是松木做的,阳光照射的时候,窗木就飘出特有的清香。这是我们能够嗅到的乡村气息的一部分。植物的魂灵遍布生活的每一个细节:桐木的门、桦木的椽、榆木的门墩、盛米的椴木勺、舀水的葫芦瓢,就连脾气难免尖刻的菜刀也有着柔和的柳木把柄……这一切合并成一种浑厚的气息,这是民间的气息,也是古老中国的气息。

就这样,一部分松木来到母亲的生活,以窗的形式帮助着母亲,也恰到好处地把一部分天空、一部分远山引进了她的日子;到了夜晚,则把一部分月光、一部分银河领进了她的屋子,她的梦境。

站在窗前,首先看到的是一片菜园,韭菜整齐地排列着,令人想起千年的礼仪,民间自有一种代代传递的肃静与活泼;白菜那白净的素脸,那微胖的身段,是一种永不走样的平民美貌;葱那不谙世事的单纯的手,却能在不动声色的土里取出沁人心脾的情谊;花椒树经营着浑身的刺,守着那古老的脾气——鲜美的麻，一种地道的民间味道。

人在愁苦的时候，倚在窗前，看一眼这菜园，内心就有了春色，有了不因世道和人心的扰乱而丢失或减少的那种生的底色，也是心的底色，这就是天地生命的颜色。

我能想象，母亲多少次站在窗前，看那菜园，那经她的手侍弄的植物们，那些绿，星星点点竟绿成这一大片，要不是泥土缚了它们的脚跟，它们也许会翻过窗，走进屋子里来的。

母亲曾说，她年轻的时候，也常失眠，就站在窗前，久久凝神看，好几次看见月光从窗格里进来，就变成四四方方的，她就想这是一封封信，是从天上寄来的，静静地放在窗台，等她收阅。我知道母亲这一生是没有收到几封信的，也许她是在想象天意里会有一个夫君，等着她，却无缘相遇，就在远天远地的夜晚辗转投寄来一封封素笺。

窗框雕有简单的图案：喜鹊、蝴蝶、莲花、仙桃。古中国的偶像，是自然里美的生灵。人居住在它们之中，受它们庇护，也庇护着它们。人与天地就这样互相凝视、互相友善，人也变成了自然的情谊。

阳光洒进来，月光照进来，星星走进来，风跑进来，雨有时也跳进来，更有时，那迷路的蝴蝶也会因了惹眼的窗花飘进来，在屋里逗留片刻。窗外墙根下，时不时就冒出几丛喇叭花藤，顺着墙壁爬上窗子，在母亲有些寂寞的窗口，吹奏起淡紫的、蓝色的音乐；那些蛐蛐们、蝈蝈们，还有根本见不到面的无名无姓的虫儿们，就伴和着唱它们的歌，那从远古一直传下来的老歌；喜鹊、斑鸠、麻雀、八哥、云雀、布谷鸟、阳雀、清明鸟……也远远近近地唱着、唱着。从木格花窗，你抬眼可望见万里，你侧耳能听见千秋。

我站在窗前，嗅着淡淡的松木香气和从窗外深远的天地飘来的草木风月的气息，我在想我小小的母亲，她仅是这窗里的一个小小妇人吗？

此时，鸡叫二遍，已是深夜时分，母亲熟睡了。我静立窗口，看见月亮偏西，泊在遥远的一个山脊上。银河浩瀚，展开了它波澜壮阔的气象，我似乎听到天上涨潮的声音，"哗啦啦"的声音，它的波浪汹涌而来，拍打着夜深人静的民间，拍打着这小小的窗口，笼罩着我小小的母亲。

哦，小小的窗口，小小的母亲，小小的我们，与浩大的天意在一起，我们很小，但是，人世悠远，天道永恒……

那一串血的殷红

那血红和微温持续了许久，然后散了。河，很快恢复了什么事情也没有发生的样子。

想起小时候的事情。

那天，我病了，受凉，发高烧，半死样躺在被窝里，胡话不断，尽是被鬼死死捏住的可怕发音。

夜深了，医院又远，救儿要紧。母亲急忙摸黑跑到河边采来柴胡、麦冬、车前子，放进生姜和醋，熬了浓浓的草药姜汤，让我喝了，捂了三床棉被，出了几身透汗，只觉得身体里面洪水滔滔，要把多余的东西冲走。

天亮时，我从汗津津的被窝里出来，看窗外天那么蓝，不像以前的天，是新造的天吗？于是欣喜极了，模仿梁上燕子数了一串"1234567"，跑到门外院子晾晒的青草上连打了三个滚，对着换了一身蓝衣衫的老天高喊：我好了，我好了。

母亲用老母鸡刚下的一个鸡蛋，做了一碗蛋汤，加了葱花，好香，我几口就吃了。

撂下碗，就叫了云娃、喜娃，去到河边奔跑、钻柳林、捉迷藏，看对岸柏林寺和尚在河边放生。

忽然，在一丛荆棘下面，我看见一些血迹，点点滴滴，断断续续洒到河边，在半截浸入河水的一块青石上也有血痕。

而荆棘丛下，被采折的柴胡和被挖掘的麦冬们，似乎向我提醒着什么。

我知道了，这是母亲昨夜为我采救命药的地方。

那双手，在这里，流了多少血，母亲可能当时并不知道自己流血了，只觉得手上有热流，有点儿黏糊，猜想可能是血，就到河边用水冲洗了。

她不能用这双染血的手，使受惊的夜晚再受惊。

我想当时的河水里，漂过一缕又一缕的血红，河的温度也微微有些升高了，那血红和微温持续了许久，然后散了。河，很快恢复了什么事情也没有发生的样子。

母亲也一样，很快恢复了什么事情也没有发生的样子。

家乡的那条小河，在一条著名的江的上游，那条河、那条江，在流过《诗经》的时候，就被上古的女儿们和母亲们，用采菊的手、采莲的手、采芣苢（车前草）的手和洗衣的手，一次次掬起、暖热，肯定也有许多泪水滴入水中。

才知道，也有血滴注入水中。流过万古千秋的江河里，藏了多少血的殷红。

我无论走过哪条河、哪条江，无论到了哪个河湾，看见了殷红、淡红或鲜红的花，或枫叶，我总是想起母亲，想起那浸血的手。

这些河边的花木，一直在收藏着什么，代替我们千年万载地忆想着。

堂哥李自发和牛

我不能得知牛到底知不知道这一天是自己的生日,但是能看出来,这一天,牛是高兴、温顺、满足的。

堂哥李自发,已去世多年,他在世的时候,我还小,不太懂事,对他有些印象,但不曾往深处想,觉得他就是个一般人。如今我已活到他在世的那个岁数,终于懂了些事,回过头想些旧人往事,就时常想起自发哥,觉得他是个很有意思的人。他最有意思的事,是他年年都要为牛过生日。

自发哥养了一头黑牡牛,个子高高的,很壮实,走路的样子极威风,好像认定了一个值得专心奔赴的目标,要去做一件极其重要的大事,步子很稳,很有力。我们放学路上遇到它,总是赶紧提前让路,怕挡了路惹它发脾气。其实呢,它却比我们更提前靠向路边,主动为我们让路,它在另一边走着它那很稳的步子。我很自然地对这所谓的"畜生"有了好感,觉得它是懂道理、有感情的。

我也见过自发哥用它犁田的情景,自发哥跟在牛后面,一手扶着犁把,一手举着鞭子,那鞭子只是一根青竹条,并不打牛,时扬时放，倒像我后来在电影里看见的音乐指挥手中的指挥棒，在为他哼着的牛歌打拍子，那歌词我至今还记得几句："牛儿牛儿莫嫌苦，我扶犁来你耕土，五谷丰登忘不了你，青草任你吃，豆浆喝个够；牛儿牛儿莫嫌累，你耕土来我扶犁，自古百姓离不开你，太阳在看你，月亮在夸你……"牛歌很长，调子是固定的，歌词即景而编，脱口而出，有夸奖牛的，有批评牛的，有说田园景色的，有说村里趣事的，有说古今传闻的，幽默风趣，边唱边续，越续越长，就像田垄和阡陌，不断延伸。那牛似乎听得很入迷，随了歌的节奏迈着起承转合的步子，卖力地拉犁。歇息的时候，它站在犁沟里，有时也"哞哞"几声，好像觉得听了主人那么多好听的歌，也想唱一首表示回敬，但却不成腔调，于是刹住，头低着，沮丧的样子，感到对不起人。

到了冬天，记得是腊月初，这一天是牛的生日，自发哥就在牛脖子上系条红布带，让牛吃最好的草料，招待它吃麸皮，喝豆浆，还要放一挂鞭炮。牛圈门上贴着红纸对联，记得有一年的对联是：种地不负天意，吃粮谨记牛恩。横批：感念生灵。

这一天，再忙也不让牛干活，让它彻底休息，自发哥陪牛晒太阳，为它梳理卷曲的毛，擦洗牛眼角的眼屎。我不能得知牛到底知不知道这一天是自己的生日，但是能看出来，这一天，牛是高兴、温顺、满足的。四季辛劳，牛总算过了个干干净净、安安闲闲的日子。

想念杨老师

我当时因为青涩拘谨而未及言表,如今则因为天人相隔而无从言表。恩师永逝。

杨老师是民国年间的大学生。他是我们75级高中语文课老师,当时五十来岁,微胖,中等个子,常年一身蓝色中山装,留着背头,面容慈祥刚毅,很有风度。那时我是住校生,一间大宿舍支了两长排木床板,同学们各占一小溜空间,铺上被单,紧挨着睡一长排,下了晚自习,一长排俊丑不一、胖瘦不一的青春的脑壳,青春的脸,青春的苦闷、烦恼和青春的激情,就紧挨着拥挤在狭窄的木板上,陪伴我们的是夏天的酷热和蚊虫的叮咬,以及冬夜的寒冷,也有同学尿床,潮湿的被单被青春的身体暖热,那不好闻的气味就缭绕于宿舍,缭绕在我们十七八岁的夜晚。

杨老师到我们宿舍看过几次,他不是专门看某个宿舍,他把住校高中生的宿舍都一一看过了,他不是学校领导,他只是个普通老师,他探望我们,是出于一个老师和长者对学生后辈的心疼和关爱。记得他从一间间宿舍走出来,他的脸上掠过一种怜悯和忧愁,那表情里夹杂着无力为这些正值青春年华的孩子们提供什么帮助的惭愧和自责。我感到杨老师是一个很善良、很关心学生的好老师。

有一天下了课，杨老师把我叫到他的办公室兼卧室——一间房隔成两半，一半办公，一半休息。杨老师说，李汉荣，现在深冬了，很冷，以后晚自习就到我屋里来学习，然后用热水洗一下脚，再回宿舍睡觉休息，这样脚不冻，睡下暖和些。

这个冬天一直到放寒假前，我几乎每个晚上都是在杨老师办公室里看书做作业，除了功课，杨老师还让我读了一些他的藏书，如《中华活页文选》合订本、《中国古代文学史》等，下晚自习的铃声响了，就用杨老师给我专门提供的搪瓷洗脚盆，盛上热水洗脚，然后暖暖和和回到宿舍睡觉。我记得那搪瓷脸盆是红白相间的颜色，盆底有两条一大一小的红色金鱼，它们和我的青春的脚，一同享用着寒冬里的暖流。

到年底我高中毕业了，告别了母校和杨老师，也告别了那温暖的办公室和温暖的洗脚盆，我心里非常感激杨老师对我的特殊关照和那一份珍贵的师生之情，但那个年纪的我很青涩，心里藏着灼热的感情，却不知是由于羞涩还是拙于表达，直到离开学校我竟没向杨老师诚挚地说一声感谢的话。

后来我大学毕业参加工作了，想着带上礼物去看望敬爱的杨老师，一打听，才知道杨老师患高血压病已经逝世多年，去世时才六十几岁。

那荒寒年代里的温暖，来自一位清贫却厚道的老师的仁慈胸怀,对于我来说已近于一份师爱与父爱混合的深深的亲情。我当时因为青涩拘谨而未及言表,如今则因为天人相隔而无从言表。恩师永逝,但那冬日脸盆里的暖流,至今没有降温,那一大一小两条鱼儿,仍在记忆的暖流里洄游……

第二辑

万物可爱，伴我远行

> 我无疑活在一个不知是谁发明的伟大宇宙中，
> 又恰好出现在这个时间里的这个空间，
> 我俯仰天地，静观万象，所见所闻所触，
> 觉得无不是奇迹，无不是奇异的发明。

多识草木鸟兽之名

要识鸟兽草木，就要贴近自然、观察自然，进而受到大自然的启示、感染和熏陶，内心变得纯洁、丰富而富于美感。

两千多年前，孔夫子曾说过："多识于鸟兽草木之名。"我想孔子这句话的本意有二：一是多识鸟兽草木，便于对人进行"诗教"，即审美教育，因为要识鸟兽草木，就要贴近自然、观察自然，进而受到大自然的启示、感染和熏陶，内心变得纯洁、丰富而富于美感；二是这多识鸟兽草木的过程，也就是进行生态教育的过程，在这一过程里，人不仅了解了自然物种的某些特征和规律，也知道了人所置身的生存环境原来是由众多物种共同营造的，进而对其他物种有了尊重、同情和护惜之情。后面的这个理解，猛一看好像有些牵强附会，似乎硬要把孔子说成"环保"的先知先觉者——其实正是这样，孔子等古代圣贤在"环保"方面确有超前自觉的一面。试读《论语·述而》"子钓而不纲，弋不射宿"（孔子钓鱼从不用网取鱼，从不射归宿的鸟），这反映了孔子爱物护生的美德。这种美德表现为遵守古代取物有节的资源保护的社会公约，同时也透露出孔子对生灵的同情：不用密织的渔网捕鱼，避免捕捞和伤害了小鱼；不射归宿的鸟，那鸟或许是雌鸟，它要喂养巢中的孩子，它带着倦意和情意从黄昏飞过，这黄昏也变得格外有情意，人怎忍心伤害它呢？

重温孔夫子的这段教诲，我感到很亲切；而当我把这段教诲向自己的孩子讲解时，又觉十分愧疚：我们的孩子是不是也该"多识草木鸟兽之名"，又该如何"多识草木鸟兽之名"？

当然，孔夫子是两千多年前的孔夫子，他没有见过飞机、火车、飞船，也没有玩过电脑，他没有赶过我们的时髦，他的肺叶里也没有我们的雾霾废气，他的耳鼓里也不会有那么多噪音。但是照过孔夫子的太阳仍然照着我们，在孔夫子头顶奔流的银河仍然在我们头顶奔流，太阳不会过时，银河不会断流，有些真理也永远不会过时和失传，那是关乎生命和宇宙之本源的终极真理。"多识草木鸟兽之名"，应该是永不会过时的审美教育方式和生态教育方式。

现今的孩子，尤其是城市的孩子，还识得多少草木鸟兽呢？还认得多少风花雪月呢？

我的孩子一直盼着养一只狗，却又不喜欢太乖巧的狮子狗，想养一只既忠诚又有几分野性的狗，这在如今当然已不那么容易实现。最后终于得到了一只狗，那狗不吃不喝，却又在山吃海喝，不见形迹，却又有踪影，它是"电子宠物"，是靠一小块电池喂养的"狗"。孩子却把对生灵的全部爱心和关切都献给这电子幻影了：每天准时"喂"它吃的喝的，准时让它散步，准时让它睡觉,半夜做梦也梦见他的可爱"宠物"死了,哭得好伤心。孩子远离了大自然,失去了多少与其他生命交流的机会,看着孩子把爱心和泪水都献给那个"电子幽灵",我真有点儿可怜孩子。

让孩子明白"井""泉""瀑布""溪流"是个什么样子,也是很困难的事,因为他没有见过井和泉,没有见过瀑布和溪流,没有在那深深的或清清的水里凝视过自己的倒影,没有照过井的镜子,没有听过泉的耳语,这不只是知识上的缺憾,更是内心经验的遗憾:他的心里永远少了井一样幽深的记忆和泉一样鲜活的美感,也少了瀑布一样的壮丽情怀和溪流一样的清澈灵性。

同样,让城市的孩子明白"虹"是什么,"鸟群"是什么,"蝉声如雨"是什么,"蛙鼓"是什么,"天蓝得像水洗过一样"的那个"天"是什么,也是困难的;让他们理解"草色遥看近却无"的微妙春意,理解"可惜一溪风月,莫叫踏碎琼瑶"的天人合一的意境,也是困难的。因为他们没有见过这些事物,更没有亲临过这些情境。

我时常想,孩子们在享用现代城市物质文明之宠爱的同时,也失去了更多的、更为根本和珍贵的来自大自然的启示、感染和熏陶,而正是这些,才是作为自然之子的人的心灵和情感的永恒源泉。

每当这时候,我就仿佛听见孔夫子站在时间的那边,站在草木深处,语重心长地叮咛我们:"多识于鸟兽草木之名……"

书虫

此时,一只虫子的叙述,比黑格尔的思辨更为幽邃生动,比一首诗更令人怜惜,更耐人寻味。

读到黑格尔《美学》第三卷第五页,"……诗的原则是精神生活的原则,是把精神(连同精神凭想象和艺术的构思)直接表现给精神自己看……"这时,我看见了它。

翻动的书页和窗前的光线,肯定给了它不小的惊吓,它加快步子赶路,也许是想越过这令它目眩的美学的思辨和文字的旷野,急于要躲到背光的一面。我停止了对黑格尔的阅读,静静地稳住书页,不使美学大厦垮塌而掩埋了它。我目不转睛地注视着它,对它的专注程度绝对超过了对黑格尔的专注程度。

此时,一只虫子的叙述,比黑格尔的思辨更为幽邃生动,比一首诗更令人怜惜,更耐人寻味。它的出现,导致我阅读的停顿,使我的思绪出现片刻纷乱,但很快又回到美学和诗学,而且似乎加深了我对诗与美学的理解。"诗,是把精神直接表现给精神看。"那么,这只穿越美学的虫子,此时,是在把什么直接表现给我看呢?它有点儿让我震惊,它那么微小,然而,它在孤独地穿越这厚厚的书页,它在穿越厚厚的时间和厚厚的宇宙。虫子当然不知道什么美学,黑格尔的著述里也不曾提到过任何一只虫子,显然,在他的美学和哲学里,并没有虫子的地位。但这并不妨碍我把它看作一种生命现象,而一切生命现象,都是美学现象,也是哲学现象,甚至也是宇宙学现象。那么,一只虫子,是在把什么直接表现给我看呢?

它是把一种天真的生命形式直接表现给我看,把一种隐喻和象征直接表现给我看。啊,虫子,永恒时间里何其匆匆的一瞬,无限空间里何其小小的一点!此时我想,如果时间是一部大书,宇宙是一座巨型图书馆,我、你、他,包括黑格尔,谁不是夹在无穷书页里的一只小小虫子呢?区别仅在于:书虫更专注于咀嚼和品尝宇宙的古老书香,而我们,既品尝书香,也欣赏书的形式之美,并沉思这永恒的宇宙史诗,向我们暗示着怎样的终极奥秘和无穷意味?

正这么想着,手一动,我睁眼一看,那虫子不见了,我一愣,它是跑到美学的另一页去了呢,还是掉落在水泥地板上了呢?若是到了美学的另一页,那倒没关系,因为美学的另一页还是美学;如果掉在了僵硬的地板上,又恰好是我的脚下,那它就完了——恰如某一刻,巨大的黑洞骤然吞没了被我们用语言长久沉思和叙述的这颗名叫地球的星辰,一切,就全都结束了。

好在,此时,永恒还捧着宇宙,宇宙还捧着地球,地球还捧着祖国，祖国还捧着我，我手里还捧着一本美学，捧着黑格尔。然而，它不见了，美学和黑格尔顿时显得有些枯燥，我心里一阵难过，觉得很对不起它……

屎壳郎

它们坚持把下坠的夕阳往上顶，它们相信它一定会变成第二天的旭日。

少年时的一天，我到山里砍柴，黄昏，挑着一担柴捆小跑着下山，又饿又渴又累，两腿发颤，满身是汗，摸一把湿漉漉的身子，手里尽是盐，下身很憋，想尿，挤出的却是一小股黄汤，我身体里的水都被太阳蒸发到天上去了。

真想把柴捆扔了，空手回家，若是大人生气不让吃饭，不吃就不吃，饿死算了。

当时，心里很苦，只感觉活在人世，挣口饭吃，太苦太难了。

我把柴捆放在山路边的石坎上，坐下来歇息，这时，我看见了它们，三五个错落排成一路，正在将牛粪滚成一粒粒圆球，沿山路往上推去。

其中一只滚着滚着，可能用力过猛把腰闪了，不小心一个趔趄，那粪球咕噜噜滚下去好远，在路边草丛里停住。它急忙连滚带爬追下来，又耸起脑袋撅起屁股将那粪球往上顶。

它远远落在它的伙伴们的后面，但是，它仍然吭哧吭哧推粪球上山——真的，我似乎听见了它吭哧吭哧的喘息声。它很快赶上了那支运送口粮的队伍。

　　远处，夕阳差半竹竿就要落山。我眼前的这些傻兄弟，却在固执地将"芳香"的粪球，将随时都可能坠落的太阳，顶住，顶住，不许它落下生存的地平线。

　　向上，与下坠的夕阳保持相反的方向，它们像匠人打磨宝石、像上帝打磨星星一样，坚持把自己珍爱的口粮——把散漫的牛粪，精心打磨成巴黎卢浮宫展出的中世纪神父们祈祷时佩戴的神圣念珠，并且一定要把它们推上山去，储存在北斗七星一眼就能看见，而天敌不容易发现的那个由古代苔藓掩护的隐秘位置。

　　看着我的傻兄弟可笑又可爱的模样，我扑哧一声笑了，笑，在落日转身远去的山上，在我少年的脸上，持续了至少有三分钟之久。

　　这是笑意在我脸上停留最长的一次。

　　忘不了，很多年前，在黄昏的山上，我的那些憨态可掬的傻兄弟，它们及时出现在一个颓唐的贫穷少年面前，它们热爱生活，热爱食物，热爱牛粪，它们任劳任怨，意志顽强，它们坚持把下坠的夕阳往上顶，它们相信它一定会变成第二天的旭日。

　　它们顶着顶着，就把那一度失踪的笑，把那终于从苦闷里绽开的比较有趣、比较有内涵的笑，一点点顶上了我的脸颊，而且持续了三分钟之久——足够把一个开心的故事讲完的时间。

蟋蟀

灵光初降,文明开启,先民们睁开赤子的灵眼,敞开纯真的诗心,他们惊讶地看到和听到的,都是诗性的意象和声音,都是生命的美丽与忧伤。

二〇一二年深秋的一天,大约晚上八点,我家客厅隔断上放置的那盆绿萝里,发出"唧唧唧唧"的声音。妻正好在隔断附近沙发上读《中国人的心灵——三千年理智与情感》一书,她捧着书走到隔断下,听了一会儿,惊喜地压低声音说:"盆里有一只蟋蟀,没错,就是它在叫呢。"

我中断了我正在写的一篇文章,轻轻走到隔断下,听它那清脆、清新,也显得十分凄清的琴音。

它每次演奏约两分钟到五分钟,就停歇一会儿,有时停的时间较长,以为它休息了,然而它却又演奏起来,而且音量比方才更高、更亮。

妻索性放下了书,放下了那三千年理智与情感,而把她的理智与情感集中在这个秋夜,这只秋夜里鸣叫的蟋蟀。

我也停下了那篇写了不到一半的文字,心里隐约觉得,这孤独蟋蟀的鸣叫才是有感而发的，我那篇写得很不顺的文字，未免有点儿无病呻吟。

我们就议论和猜测这只蟋蟀的来历。养绿萝的盆子放得那么高，它怎么进去的呢？它又怎么知道这儿有一盆绿萝呢？我猜想，一定是初夏那次我在花市买回的绿萝盆里，就藏着它，它那时还是儿童或少年，发育不成熟，胆子也小，还没有制作好自己的琴弦，也不懂演奏的艺术，它就怯怯地悄悄藏在土里。我们以为养着的就只是一盆花，谁也没想到那静静生长渐渐蓬勃的绿萝根下，藏着一个静修的歌手、古代的琴师。

此后连续几天里，它每天都依照大致相同的作息时间表，晚八点左右演奏，中间也有停歇，午夜（十二时）后，是长时间的停止，夜半三四点再演奏一两个小时，天亮前后，则谢幕休息，天地一片静默。

这个夏天，每晚我都在书房凉席上睡觉。与隔断上的蟋蟀比邻而居，有它演奏的这一段日子，我的夜读时光，不仅愉快，而且读书也读得深入。我特意将《诗经》里"风"的部分，反复诵读并默想体会，力求还原数千年前先民们的生存情境和生态场景，那乔木、苤苢、木瓜、椒聊、桃夭遍地生长的日子，那"蒹葭苍苍，白露为霜"的日子，那"求之不得，寤寐思服"的日子，那"匪报也，永以为好也"的日子，那"蟋蟀在堂，岁聿其莫"的日子……我想，正是这笼罩着无边神秘，茂长着无尽草木的大地，灵光初降，文明开启，先民们睁开赤子的灵眼，敞开纯真的诗心,他们惊讶地看到和听到的,都是诗性的意象和声音,都是生命的美丽与忧伤。

当我诵读《唐风·蟋蟀》"蟋蟀在堂,岁聿其莫……""蟋蟀在堂,岁聿其逝……",哦,隔断上那蟋蟀,它提高了音调,声音格外恳切而凄切,它把我拉回到几千年前的夜晚,它在努力再现公元前的神秘时光。时间流逝,万物更替,世事变迁,但是,也有一些东西没有变,没有弃我而去,你听,此时,蟋蟀在堂,蟋蟀在我堂。还是那只蟋蟀,还是公元前那只蟋蟀。

午夜,蟋蟀休息,古琴静止,琴声回旋之后的静,是一种有深度的静,如同海潮过后的沙滩,它的寂静里沉淀着一种渊默、古老和苍茫的意境。被蟋蟀之声点化过的我的屋子,弥漫着的就是一种意味无穷的静。我觉得这屋子不是坐落在现代嘈杂僵硬的城市,而是坐落在时间之外的某个深山幽谷。

蟋蟀在堂的那些日子,我睡眠沉酣,常常一觉到天亮。偶尔也在半夜醒来,听听隔断上的安静与岑寂,心想,它还在公元前睡着,睡在它地老天荒的混沌里。这样想着,就觉出"时间"概念的相对性和虚妄性。其实宇宙是没有时间的,只有无始无终的混混沌沌苍苍茫茫,所谓"时间",只是人为了生存和记忆的便利而发明出来的方便尺度。请问,这蟋蟀是哪个时间里的蟋蟀?那些星斗是哪个年代里的星斗?那浩瀚银河是哪个世纪的银河?那无边宇宙是哪个纪年的宇宙?——噫吁嚱,茫乎渺哉!一切都是超时空的须臾幻象,混混沌沌,茫茫渺渺,似有实无,刹生刹灭，万物与生命，只是这无际无涯混沌中似有若无的一痕像素一丝叹息……

这样想着，心绪就渐渐滑进时空的背面，而抵达那没有时间的鸿蒙大荒，心，在梦境里沉潜，在无限里洄渡，抵达那无际无涯的茫远空阔。有时醒来，恰逢蟋蟀正在演奏，于是就和着它的韵律，吟几句《诗经》句子，继续恬然入梦。

终于，八月末的那天晚上，琴声静默，我想它也许累了，它该歇歇了。等一等，看明天它是否重新演奏。

第二天，依旧琴声静默。

第三天，依旧琴声静默。

我确信蟋蟀死了。

妻子捧着那本《中国人的心灵——三千年理智与情感》，许久不说话，我知道她是在默默悼念，默默送行。

一只蟋蟀从公元前一路走来，一路鸣叫，一路打听，穿越了诗经、楚辞、汉赋、唐诗、宋词、元曲、红楼梦、聊斋，它凄切的韵脚，穿过数千年的夜晚，穿过连绵的梦境，终于抵达我们的夜晚，我们的梦境。

抵达我们时，它已经是一只孤独的蟋蟀。

此刻，我静默着，以三千年的理智与情感，我默默怀想……

林中蝴蝶

它飞在它的命运里。它是孤寂的,也是自在的。

在林间歇息,背靠树,眼睛停在一片草丛里,看蚂蚁和虫子们或行色匆匆或左顾右盼,有的忙于觅食,有的忙着交尾,有的陷于战争,有的嗷嗷待哺,有的垂垂老矣,我仿佛看见它那苍凉眼睛里的泪水。它们生于腐殖土,腐殖土也将是它们最后的归宿。腐殖土是上帝的试验田。从土,到生命,再到土,每一个生命必须承担自己的命运,必须尽最大的力量划完自己的抛物线,必须自己去完成琐碎的觅食、狂欢的生殖和寂寞的死,并且心甘情愿将自己化成下一届生命所必需的泥土。我望着这些小生灵竟然感动了,我的心里混合着对生命的尊敬和同情。这时,一只彩色的大蝴蝶向我飞来,天真地、不设防地栖在我的手上,它的底色是黑的,羽毛上点缀着红白两色,显得尊严、大气,又有几分妩媚。我放慢了呼吸,我一动不动,我生怕惊扰了它。它在这密林里,有没有同伴?有没有情侣?它将把它彩色的情感寄托在哪里?它明天、明年还在这密林里飞吗?它的旅途或许是艰难而遥远的,但它的内心是孤寂而充满期待的。它是把我当作驿站?它是错把我当成一朵花树？它在这一刻信任我，它把它的全部重量、情感和命运，都寄放在我的手上，而我竟不能对它有所承诺和担当，面对一只蝴蝶的信任，我感到了我的无能和荒凉，我竟不能承担一只蝴蝶的命运。它也许并不寄希望于我，它无求于我，它信任我，它至多祈求我不要伤害它。它飞在它的命运里。它是孤寂的，也是自在的。它飞走了，渐渐消失在迷蒙的树丛里。许久我不敢抬起我的手，我的手上保存着蝴蝶的气息和它小小的心跳，我的手曾停靠过它小小的命运。一只蝴蝶飞走了。别了，一别永恒，愿它平安，在我生命中一闪而过的蝴蝶，在无穷宇宙中一闪而过的蝴蝶……

万物都是发明家

我俯仰天地,静观万象,所见所闻所触,觉得无不是奇迹,无不是奇异的发明。

我常常于静夜里久久默想,心有所悟,心,于是被光亮充盈,对世间许多习以为常的事物,生出由衷惊奇和尊敬。

我无疑活在一个不知是谁发明的伟大宇宙中,又恰好出现在这个时间里的这个空间,我俯仰天地,静观万象,所见所闻所触,觉得无不是奇迹,无不是奇异的发明。

至高的智慧之神发明了自然,自然发明了万物,万物各有其发明。

万物皆是发明家,至大如浩瀚时空,至小如细微昆虫,都是大发明家。

大如星系星云,其发明既多且巨,令人惊叹,不可思议——

太阳发明了巨大烈焰,其表面温度高达六千摄氏度,整个太阳就是一个燃烧的火海,是时时刻刻进行核爆炸的现场。其巨大热浪向太空喷涌形成强劲太阳风,其惊人能量形成强大引力场,将周遭行星牢牢吸附,形成太阳系,以其源源不断的热量催化了生命和文明，也催化了我这篇微不足道的文字。它只顾发明，对自己的伟大发明及其效应一点儿也不知情，毫不居功自傲，真正大家风范。太阳目前正值盛年，它的热核能源还可用五十多亿年。这个伟大发明家也已发明好了自己的后事：五十多亿年后，核能耗尽，它将冷却，温度降至零下数百摄氏度，缩成很小的白矮星，隐居于太空暗处，回想当年那些壮烈往事。

月亮也是一个杰出发明家。它发明了环形山和月海（凹地），发明了独一无二的太空行走方式：将朝向地球的一面永远朝向地球，而决不转过脸去东张西望，它在朝向地球的这面发明了漂亮的月宫，茂盛的桂树，灵动的玉兔，发明了一把永不生锈的明亮斧头，让吴刚师傅用来砍伐大片大片的虚无，从而保证嫦娥女神能眺望遥遥故土。它发明了美感的连锁效应，造成"千江有水千江月"的奇异审美效果，导演了"天上一轮才捧出，人间万姓仰头看"的盛大审美狂欢；它发明了绵绵不绝的乡愁，望月思乡、对月怀人成为世世代代人们的一个美好的精神仪式；它发明了自身的阴晴圆缺，正好用来对应人间的悲欢离合，使徘徊于地面上的人们都能把一颗不甘零落的心安放在天上冰清玉洁的玉盘里；它发明了我们的影子，使我们在燥热浑浊的夜晚，看见自己竟然有如此干净、清凉的影子，于是心里也变得干净清凉一些了；月亮还有一项最伟大的发明，它发明了诗，发明了月光里如潮的诗情诗意，发明了李白，发明了苏东坡，发明了中国文学史上最动人的名篇华章。

北斗星座发明了独特的造型，至今不知道这七兄弟是根据何种美学思想完成了这项美丽工程。不多不少，刚好七颗，对应着造物者用于创世的神圣七天，对应着我们平凡的一星期，使我们有理由在一星期里堂而皇之享用一天或两天的休息；对应着我们那离去亲人的行踪：头七，三七，七七，从而在他们离去之后，我们还可以追上去送一程，再送一程；它发明了方向，因为所有方向其实是依据它所在的位置定位的，这个孤僻发明家，它把自己永远锁定在孤寂的北方，成为我们迷途时的可靠向导和灯盏；它为我们发明了最大的酒杯，抬起头来，向北，我们就看见这钻石铸成的杯子，正在狂饮万古寂寞，狂饮无尽星河的玉液琼浆，它将饮尽沧海，饮尽我们最后的叹息；当我在夜半漫游，抬起头来，忽然看见这巨型杯子正伸向我小小的窗口，呀，它要与我碰杯，永恒，在与我碰杯！我忽然顿悟：伟大，并不蔑视卑微，这宇宙的豪饮者，它纵有滔滔银河待饮，但它也想品品我——这微不足道的清酒一滴。

彗星发明了天上的最大扫帚，定期打扫天上的院场，哈雷彗星每过七十六年，就返回来一次，把我们头顶聚集的物质主义烟雾，认真清扫一次，带给我们一阵短暂惊讶和战栗，让我们从鸡毛蒜皮里，从金钱的迷梦里，从醉生梦死的泥潭里，认真抬起头来，望望天空，想想无限，想想未知的命运，想想浩渺的上苍，想想渺小的人与无边的宇宙在极不对称的关系里呈现的微妙深意；巨帚一挥、灵光一现之后，它一言不发扛着扫帚走了，等它下次归来，已是七十六年之后，那时，此刻仰望它的人，有许多全都不在人世了；那时，它会把我们悬浮在空中的灰烬轻轻地扫下来，落在地面，化作一株草木。

流星是宇宙的精微发明，被发明出来的流星，立即投入了它自己的发明，它发明了惊鸿一现的梦幻之美，发明了能够概括所有生命本质的悲壮寓意。

闪电是灵光四射的发明家，它发明了淋漓酣畅的狂草艺术，发明了同时拍打成千上万个窗口的凌厉手语，发明了解剖乌云的外科手术："嚓"的一刀，我们看见了隐藏在乌云后面的天空受伤的骨头，看见了苦闷黑夜里上苍那绷得快要断裂的青筋。最终，闪电是把自己发明成了一种悲壮的唯美主义的艺术：生乃创造，死也发光……

望天，我望见的无不是壮美的发明，壮观的创造，壮丽的奇迹。

当我把目光从高处收回，在近处，在低处，无论匆匆一瞥或久久凝视，我看到的，也无不是发明，神奇的发明，精美的发明，让人叹为观止的发明，以及发明物在被发明出来之后，对发明的再发明。

海就不用多说了，它发明了深渊、巨浪、海天一体的浩渺奇观，它发明了无以计数的鱼和鸟，它发明了我们永远用不尽的盐，它发明了我们远航的想法，于是有了巨船和帆影；它在发明巨大之物的同时，埋头于波涛深处，仔细雕琢一些精巧的手工制品，你瞧，那珊瑚，那细沙，那贝壳……都是它细细打磨精雕细刻的艺术品。我书桌上的这枚彩贝，就是太平洋亲手为我发明制作的一个精致礼物，阅读时我用它镇书，就觉得波浪正漫过书页，我的小屋竟充满海之涛声；而海的一个最可称道的无形发明，是发明和启示了一种辽远深邃的心胸，每当看见海或想起海，我们的内心就升腾起博大悲悯的情怀，有时竟深达海底高接苍冥。所以大作家雨果才这样夸奖人的心灵："比陆地更宽广的是大海，比大海更宽广的是天空，比天空更宽广的是人的心灵。"

山的发明不胜枚举，它发明云，发明雾，发明了层出不穷的石头，并发明了把十万巨石高高举向天空而从无闪失的举重纪录；它发明了瀑布，那纵身一跃的悲壮陨落，让我们看见了水的高洁魂魄和勇者品格；它发明了泉，那来自地层深处的晶莹注视和深情倾诉，令我们干枯的心田重新复活，也荡漾起温情的涟漪；它同时为我们发明了一项美好运动：登高，当我们登临峰顶，举目望远，我们不只发现了我们平日里蝇营狗苟的卑微渺小，我们更体验了"云深不知处"的玄妙意境，感受到了"荡胸生层云"浩然激情。

河的发明很多，它最美妙的发明是发明了倒影，哪怕再小的河，只要清澈，它都能把比它大无数倍的银河的倒影发明出来，把云的倒影、鸟的倒影、虹的倒影发明出来，把在岸上并肩行走的恋人的倒影发明出来；它发明了岸，我们对岸似乎已经无动于衷，好像岸本来就该出现在那里，其实河是可以随意漫流的，但它自觉发明了岸,自觉在低处流淌,把更多的地方留给我们,让我们随时站立岸上,观潮听涛,看鱼赏鸟,由此岸而有了对彼岸的眺望和憧憬,对社会和人生也有了类似的理想主义的美好设计;古往今来,在岸上,有多少惜别和相逢,有多少泪眼和惊喜。因了岸上的汪伦对李白的踏歌相送,全中国的河流,从此都有了桃花潭水的幽深,千年的河岸,绵延着动人的诗意和风情。

燕子发明了最朴素简洁的建筑,是真正的节能建筑,对人类无节制的奢侈铺张是一种无声劝导、示范和教育,也提示着一种古老而质朴的美学思想。在我乡村老家屋檐下面,燕子夫妻设计了精巧的燕窝,勤劳持家,养儿育女,安贫乐道,对主人家则秋毫无犯,年年如期归来,待人诚恳守信,它们是我今生见到的最友好的芳邻。它们发明的数学口诀、建筑艺术、育儿技巧和生态道德,我从童年起就开始研究学习。几十年过去了,至今依然没有学到多少,我很内疚,觉得愧对燕子们——愧对我的私塾老师对我的耳提面命和诚恳教导。

七星瓢虫发明了自己的勋章,它们打破了自然界森严的等级界限,颠覆了以大欺小、恃强凌弱的丛林法则。自古而今,没人瞧得起它们,没人把它们当回事,它们是谁都可以忽略的弱势群体,但它们不自卑,不放弃,不抑郁,更不自杀,它们自己看重自己,自己尊重自己,自己激励自己,并且,它们自己为自己授勋!它们用露珠和草叶为自己锻造了七颗星星,毫无愧色地佩戴在身上,它们个个都是七星将军!在强大的人类军团面前,这些小小的将军，对保卫大地的原生态表现出无比的忠勇，它们一次次占领春天占领夏天，一次次收复被人类掠走的绿野和露水，一次次对生硬的钢铁和水泥说：不，这里自古都是草木和花朵的领地，也是我们散步的领地。

雄鸡发明了一种存放于体内的时钟，子时、丑时、寅时、卯时，雄鸡总是分秒不差地计算月落的时间和日出的时间，它知道天道运行的原理和时光轮回的秘密。它忠于职守，精确报时，几千年来，从没有出现过失误，从没有耽误古往今来人们的生活日程。在我的印象里，唯一的一次"失误"，发生在几十年前的旧社会，据说它把天亮的时间提前了，但那并不是它造成的。原因据说是某个贪婪财主为了剥削长工们的劳动，想从他们身上榨取更多利润，就冒充公鸡在半夜打鸣，宣告天亮了，干活的时候到了，这等于把黑夜也强行算作白天，强行为他产生利润。可见贪欲不仅扭曲人性，甚至能颠倒黑白，扭曲时间。在我童年时，我妈都是根据雄鸡的提示安排何时起床、何时做饭、何时纺织、何时休息。雄鸡就是我们家、我们村的更夫、守夜人和报时钟，家家户户的鸡栏，就是乡村古老的钟楼。

蚕发明了极为清晰的生命方案，也让我们直观而简洁地目睹万物是如何生死轮回的，蚕其实是发明了简单而深奥的哲学。毫无疑问，纵横万里绵延千年的丝绸之路，肇始于蚕发明的丝丝缕缕；我们华美的文明背后，藏着默默无闻埋头发明的蚕。

就连我们不喜欢甚至痛恨的小小跳蚤，我认为它也是一个奇特的发明家。虽然它传播病菌,咬人吸血,我小时候的身体上就多次被此君亲吻得红肿起包,我的血也被它抽去几滴做化验用了;尽管如此,你不得不承认此君有着跳高的绝技,"噌!"这家伙就跳出至少一米的高度,而且是连续跳,不止三连跳,大概是数十连跳。而这个跳高冠军身高只有几毫米,绝了!它没有教练,没有教科书,不是体育系毕业,也从不服用兴奋剂,它生下来就会跳,也可以说它是跳着生出来的。它无师自通,自己发明了夺冠的绝技,在残酷的生存竞技场里,它曾经赢得了自己的一席位置;在这个无限的宇宙里,毕竟闪过它连蹦带跳的小小身影。如今它快要灭绝了,后来的人大概很难理解"我播下的是龙种,收获的却是跳蚤"这句名言了。由此是否可以说:这个发明了跳高绝技的小不点儿,也曾经为人类的词典提供了至少一两个贬义词,也算多多少少丰富了我们的思维和语汇。

蚯蚓在远古就发明了精耕细作的耕作方式,而且事实证明,这种耕作方式是最绿色最环保的,任何高科技都不能替代,所以蚯蚓被誉为"生态系统工程师"。它们发明的生活方式是最土的,也是最厚道的,吃的是泥土,穿的是泥土,住的是泥土,一生一世,它们很少在土地之外抛头露面,它们隐居在幽暗里,为土地的健康和长寿呕心沥血。在被钢铁、塑料和水泥统治的越来越僵硬的世界,它们坚持柔软的哲学,坚持柔软的身段,坚持柔软的心肠,坚持对土地柔软的依恋,并且相信饱受伤害的土地最喜欢柔软的事物,最渴望柔软的呵护;在欲望越来越膨胀、竞争越来越激烈、速度越来越快的世界，它们坚持着缓慢，缓慢就是它们祖传的美德和信仰，就是它们信奉的最好的生活方式，并且相信这缓慢不仅是它们自己发明的，也是土地的愿望和暗示：世界会毁于贪婪和疯狂，毁于无节制的高速！只有慢下来，安静下来，万物和生命，才从容，才平和，才安详，才有趣，才久长。

　　蝴蝶发明了唯美主义的生活方式，从一朵花到另一朵花，从一个春天到另一个春天，中间就是蝴蝶的生命之路；让每一朵花遇见更多的花，让每一个春天再现所有的春天，让美更美，让春天无限地增值——这就是蝴蝶的理想，世世代代的蝴蝶坚持了这个理想，也最大限度地实践着这个理想。不像人类既发明了很多真善美，也发明了很多丑陋的东西，发明了很多罪恶的东西，发明了很多自欺欺人的东西。蝴蝶的发明全都是无害的，而且全都是美的，即使死亡，也被蝴蝶发明成一种走向永生的方式：此刻，我望着书中珍藏的这枚三十多年前的蝴蝶标本，时光倒流，昔日重现，我又看见了多年前那个春天的容颜……

国贸大厦四十八楼的七星将军

土地,那是它永恒的领地,它一定是回去了,回到了土地。

入住国贸大厦四十八楼,开一个没什么意思的会。无非是吃饭、听报告、学文件、看发言(因为没怎么听,只看见不断有人在台子高处上上下下念稿子,故曰看),然后又吃饭,睡觉,又开会。除此之外,我在会上会下抱着几本书读着,这使会议变得可以忍受,而且对本来无聊的会议心生感激,让我忙里偷闲好看书,当然,忙其实是不忙的。在此类会上读书,读得效应蛮好:周围的声音若大,就当是海潮或林涛,你就像置身海边或林间,你读书就读得更安静而深入,偶尔从书里抬起眼,见身边尽是礁石和树木,而且是彩色的,都在陪读,何其隆重也;周围的声音若细小或无声,那更如月夜静读,恍然天人合一,此时书与你合一了。

那日会后,我打开房间的窗子,朝外俯瞰仰望,本来是谦逊百姓,此时却居高临下俯视着,我觉得对不起海拔四十八楼以下的人民群众。他们如蚁群般奔波劳碌,其实并不知道他们劳作的一部分果实正被藏在高处的胃口们分割着、吞噬着、消化着。又仰望，想看见鸟，最好从我窗前飞过，让我近距离看看它飞翔的姿态和眼神，想听它亲口向我透漏一点儿关于天空的秘密、飞的秘密，以及它在空中发现的地上的秘密和人群的秘密。

然而，没有鸟。应了那句否定的话：有个鸟（根本就没有的意思）。倒是看见广场上飘起几只风筝，有像龙的，也有像鸟的，这些塑料做的、纸糊的生灵们，装饰着空荡荡的现代天空，慰藉着孩子们的眼睛。

我收回有些失望的眼睛，低头，我看见窗台上移动着一个活物，一个真的生灵，是一个瓢虫，背上镶嵌着七颗彩色的星星，闪闪发光。被孩子们尊称为七星将军的，就是它。它正在如我一样居高临下地俯瞰着，不停地调整姿势和方位，犹豫着，徘徊着，也似乎恐惧着。

我注视它，研究它，发现它在惊慌地找路。向上，显然不可能去天空飞行，短期内它不大可能进化成鸟类；向下，返回故土，可这笔直陡峭的钢筋、水泥，尖锐滑溜的玻璃、塑料，它如何行走？谁也不可能给它送来一架数百米长的滑梯，虽然它是一位七星将军。

将军啊，你是怎样爬上来的呢？是否你昔日的草地、花园、密林被人占了，你无家可居，于是你借着风的魔力登上高楼，占领了这座高地，你要为收复失地发起最后的冲锋。到了高地，你才发现你既无一兵一卒，也无一弹一枪，粮草已无半点，退路亦无半步，你真正是弹尽粮绝，走投无路了。

我想帮将军一把，在我很小的时候，就认识了将军，它是我在世上认识的最早、印象最美好、最亲切的将军，也是有生以来我唯一认识的将军，且是七星的，"军衔"不低。但它没有杀戮记录，没有嗜血恶习，没有傲慢架势，它爱好绿色，平易近人，尤近儿童，它是一位热爱和平、热爱儿童的将军。记得童年时，我就被它那华丽的形象迷住了，我曾经把它放在我衣服的前胸，多好的"扣子"，而它是有心、有眼、有鼻、有耳的，说不定还会做梦呢，谁能制造出这样高级的"扣子"呢？只有大自然能制造出来，于是我意识到大自然是何等的能干啊！这是我最早的自然观，虽然简单些，但那看世界的最初几瞥，却是刻骨铭心的。

没想到，我童年的那颗华美扣子，我记忆里的七星将军，此时却孤零零地困在这里。我想帮将军一把。但怎么帮它呢？让它飞天，它不是鸟，天上也没有它的一寸领空；留在城里，城里寸土寸金，没有露水的钢筋水泥又怎能养活这可怜的将军？请它到我家做客？我家里有几盆花木，悬在上不接天下不挨地的高楼阳台，将军喜爱的露水和绿叶，在我这里都是如此寒碜、匮乏和可怜。我尚且无露水可饮，无绿叶可赏，又何以款待将军？

怎么办呢？我如将军一样无计可施了。我琢磨着援救的办法。开会时间到了。我只好去开会。出门时又看了一眼将军，它还困在那里——海拔四十八楼的高度。孤独的将军啊，等会儿再见面吧！让我在会场里继续想办法，在那用高科技武装的环境和氛围里，我也许灵感迭出，会想出援救你的办法，说不定还是高科技的办法呢。等会儿见,亲爱的将军。

开完会,我回到房子,急奔窗前,将军已不见了,查遍房间,没有它的踪影。

它到哪儿去了?它不是鸟,天上没有它的一寸领空,它不可能移民天上;它是土地的子孙,它是漫游于草木、露水、月色、花香里的和平将军,它一直穿着那套远古流传下来的军装,它保持着军人的传统风度,它喜欢在绿色的原野散步,四周是虫声合唱的古老军歌,偶尔还有蝉儿吹奏的军号。它喜欢忽然出现在孩子们面前,让他们惊奇、惊喜、惊叹,并且在他们的衣服上充当华丽的"扣子",落在他们的肩膀上做"肩章",让他们也当一会儿将军,而且是七星将军。

土地,那是它永恒的领地,它一定是回去了,回到了土地。

然而,它怎么回去的呢?我伏身窗台,向下,向海拔四十八楼以下望去,我一阵眩晕。

它可能是跳下去了。那么小的它,从这么高的海拔跳下去,我不忍想象那情景。

它一定是跳楼自杀的。当然,它那么小,即使自杀一千次也没有谁注意。

在庞大冷漠的天空下,在庞大僵硬由机械组装的现代铁笼里,它是太小太小了,太不算什么了。

然而不管它再小,哪怕小得看不见,它仍然是生命。何况它是我尊敬和喜爱的七星将军,曾经,它做过我童年的"扣子"

和"肩章"。

它可能也知道我想不出援救的办法,它肯定看见了我与它对视时满脸忧愁的表情。

走投无路的将军,跳楼自杀了。

我默默低下头,悼念将军。

燕子筑窝

它们的心里揣着怎样天长地久的心事?它们那儒雅的燕尾服后面,揣着怎样的图纸?

春天里,我家来了一对燕子。妈妈说,它们是夫妻,要在我家过日子,养孩子。

堂屋里的屋梁上,已有两个燕窝,住着两对燕子,它们是去年就住下的老夫妻了,一到春天,它们又从南方返回来了。

我当时不太懂南方是什么意思,为什么非要跑那么远去南方。

爹爹说,南方暖和,北方冷,燕子冬天去南方过冬,到春天又返回我们这里。

爹爹说,来我们家的燕子,无论新的老的,都是我们的亲戚,我们要爱惜。

新来的这对燕子,发现堂屋里已有燕子居住,就在门外的屋檐下筑窝。

它们一趟趟从田野里衔来湿泥,泥里还带着一些枯叶和细碎草秸。爹爹说,泥里带些草秸,才容易黏合,修的房子才凝固得结实。娃娃你看，燕子没上过学，没念过书，都这么聪明，你们学生娃可要好好学习哦。

它们的工程进行得很不容易，因为没有施工图，常常要返工。有时，好像是地基铺得太宽，不符合紧凑、安全和保暖原理，它们就收紧了地基的尺寸重新施工，原来的地基就作废了；有时，好像房屋的弧度过于弯曲，不够流畅，不方便出入，不利于通风，也不符合建筑美学和以后新生儿的护理学，它们就倒悬着或斜倚着身子，伏在建筑工地上，一口口地啄啊、掰啊、抹啊，就像我们伏在课桌上一笔一画修改作业。

连续好多天，燕子夫妻白天抓紧施工，晚上却不见了，它们晚上住哪里呢？

其实，堂屋的屋梁上，或我家的任何一间屋子，我们都是乐意接待它们过夜的。但是，燕子好像有自己的心事和处世的伦理，它们不愿打扰另外两对年长的燕子，也不愿改变主人家的生活秩序。它们好像遵守着世代相传的道德禁忌：不能因为它们的到来，给春天添麻烦，给主人添麻烦。相反，它们要努力做到，因为它们的到来，春天欢喜，主人也欢喜。

那么，它们晚上住哪里呢？春天的夜里，天气还是很冷的。

那天黄昏，天下着小雨，它们衔完最后一趟泥，向我们亲热地打了几声招呼，又飞走了。

我追着它们的身影，飞快地跑出去，跑向原野，我终于看见它们了。它们并肩依偎着歇在电线上，它们在冰凉却汹涌着电流的电线上，在夜晚的寒风中，有时就在雨水里，它们紧挨着羽毛相互取暖，露天过夜。

吹拂着庄稼的夜风，旷野繁密的露珠和满天的星星，都见证了它们那清贫的生活、高贵的美德和坚贞的爱情。

我急忙回到家里，在门前菜地里挖了些湿泥，准备搭起梯子，帮助燕子筑巢，让它们尽早住进新居。

爹爹说：你娃真傻呀，燕子做的活你娃能做吗？鲁班能修宫殿，也修不了一个燕窝的。喜鹊窝只有喜鹊会修，蜂窝只有蜂儿会修，燕窝只有燕子会修。人家燕子筑窝，心里是揣着一张祖传的图纸的。你心里有那张图纸吗？

爹的话我信。爹会一些简单的木工，他知道心里有一张图纸是多么重要。

我觉得对不起燕子，在它们艰辛的时光，在这个泥泞的春天里，我竟不能为它们帮一点儿忙，为春天帮一点儿忙。

亲眼看着一趟趟衔泥忙碌的燕子，看着燕窝一点点渐渐成型，我心里满含敬佩、同情和惭愧，也满含对这小小生灵的情感、智慧、技艺的猜想和崇拜。

它们的心里揣着怎样天长地久的心事？

它们那儒雅的燕尾服后面，揣着怎样的图纸？

为蚂蚁让路

我若只顾赶路,无视它们的存在,双脚踩下去,也许,一个王国就土崩瓦解了。

我扛着行李远行,在路的转弯处,有一片水滩,蚂蚁们正在排队饮水。

我若只顾赶路,无视它们的存在,双脚踩下去,也许,一个王国就土崩瓦解了。

兴许是天意,就在这个瞬间,我的眼睛向下,我看见了它们。

与我保持相反的方向,它们排着整齐的队伍,在它们的宇宙里,在史前的洪水刚刚退潮的间隙,它们,这朝圣的队伍,膜拜着新发现的生命源头。

我的双脚犹豫了一会儿,接着停下来,我礼貌地,而且怀着尊敬,我站在它们面前,与它们保持着大约五厘米的距离。

仅仅隔着五厘米,我因而不是它们的死神,我因而成了它们的欣赏者和祝福者,在永恒的长路上,我因此改写了时间残暴的属性，我成为宇宙中最温柔的一瞬，最无害的一个细节。

仅仅隔着五厘米，一个我暂时不能与之对话的种族，得以保全它们的母语，不因我的闯入，而中断它们的神话和信仰。

仅仅隔着五厘米，一个我根本无权也没有能力治理的王国，得以保持完整的国土、江山、伦理和政治制度，而且继续繁荣兴旺。

仅仅隔着五厘米，它们那孤独的女王，避免了亡国的厄运，它的黑皮肤的臣民仍然忠实于它，在庞大的王国上奔走、劳碌、寻觅。

想一想，这么多表情一致，服饰一致，信仰一致，技艺一致的黑色的、颗粒状的生命，也在这它们根本不理解的庞大宇宙里，为了一个简单的信仰，围绕一个孤寂的中心，忠心耿耿，风尘仆仆地远征着、辛苦着、历险着，想一想，这该是怎样惊心动魄的奇迹！

我礼貌地为它们让路，怀着敬意，我注视着它们在水滩边——在它们的大陆上新出现的大海边，排队饮水、洗脸，互相礼让并互致注目礼，然后带着湿润的心情，一边感恩，一边返回它们祖国的内陆。我目睹了整整一个王国的国家行为：在新生的大海边取水，并重订契约，确认对国家和女王的忠诚。

我真想请求它们中的某一位，为我领路，带我访问它们的国家，去拜见它们那德高望重、才貌双全，又难免有些孤独的女王。

　　然而我根本不具备这种能力和资格,这是一件比到遥远的外星会见另一种智慧生物更困难的事情。

　　我能做的,仅仅是礼貌地停下,为它们让路。

动物的眼睛

我在许多时候,在动物的眼睛里看见了纯洁、正直、尊严等动人的东西,我想象,那眼睛后面肯定也有情感和心灵。

    我遇见动物总是先观察它们的眼睛。这好像并不是受了教科书的影响。当然书上说得也有些道理,比如"眼睛是心灵的窗口",这个比喻好像只限于人的眼睛,透过这"窗口"就能看见"屋子"里摆放的那颗"心灵"。照一般的理解,动物是没有心灵的,它们的眼睛自然也就不是"心灵"的"窗口"。那么,动物的眼睛是什么呢?

    有人说动物的眼睛仅仅只是眼睛。

    那人又说:当然,你也可以把动物的眼睛比作"窗口",不过,从这"窗口"你什么也看不见,"窗口"里面是一间"黑屋子"。

    "黑屋子"里摆放的是什么呢?那人说:是胃。

    我不信那人的说法。我相信我的观察。我所看见的动物眼睛,有的很妩媚,有的很谦卑,有的很伤感,有的很忧郁,有的很愤怒,当然有的也有些凶狠,有的呢,还有着难以说清的迷茫、厌倦和悲苦，给我印象特别深的，是有些动物的眼睛里流露着一种令人同情的痛苦和祈求的眼神。

见得最多的是牛的眼睛。小牛的眼睛是透明的，猜想它眼中的世界是一片碧绿的草场，所以它眼神里洋溢出的光亮总那么纯真和自信，它相信生活给它准备的都是蓝天、溪水、绿草坪，它不知道什么叫负重，什么是鞭子，它更不知道这个世界还有屠宰场，还有牛肉罐头，还有牛皮鞋……除了知道母爱和好吃的东西，再也不知道还有别的什么，这就叫童年。我想，我们的童年不也和牛的童年一样无知吗？无知给了我们幸福、幻想、青草遍地的感觉。后来见识了鞭子、牛轭、重量、泥泞，见识了荒凉的悬崖和干涸的河床，见识了疾病、疲惫、伤口，这时候，牛已是成年或者老年了，眼睛里的透明和喜悦渐渐消失，忧郁的眼神，浑浊的泪水，我们看见的牛总是刚刚哭过的样子。

马的眼睛都有好看的双眼皮，雄马英俊，雌马健美，马不需要做美容手术，匹匹都是美丽又透着英气的好马。马的鬃毛飘洒下来，正好做了眼睛的"窗帘"。"帘子"后面的眼睛时隐时现，透出几分朦胧和神秘。它们的眼睛很专注，总是望着前方，好像前方有急切的召唤，有温暖的家。马很少瞻前顾后或左顾右盼，除吃草或睡觉的时候，它们都在凝视远方。如果人走在路上也这样不瞻前顾后或左顾右盼，人的一生要走多远的路？可惜，大量的岁月人都在瞻前顾后或左顾右盼中虚度过去了。望着这些有着美丽眼睛的马，有着大家风姿、英雄基因的马，我有时候真为它们抱屈：驰骋疆场的英雄岁月远去了，就这样做一头家畜？和驴一样拉杂货混一口饲料吃？就这样在规定的路线上周而复始地走来走去，直到颓然倒下？我看它们的眼睛里好像对此没有多大怨艾，平静得有些麻木，我一想，它们是退化了，英雄的后裔终于变成平庸的家畜。但我又为它们的麻木庆幸，要是它们总惦记着那些驰骋的往事，眼前这负重的、雷同的、碌碌无为的日子该怎么忍受？但我再一看它们那英俊的眼睛，就由不得想：这本该是英雄的眼睛呀！

笃诚，这是驴的眼睛给我的印象。笃诚的眼睛总是感动人的，至少是让人信任的。许多文人墨客对驴都有好感，我想，除了它的脾气好，大约还因为它那不存恶意的眼睛。数千年来，驴就是普通劳动者的好帮手，老百姓总爱说"驴儿"，这是昵称，亲切的称呼里包含着对它的感激。"细雨骑驴入剑门"，陆游骑驴走在细雨蒙蒙的宋朝，那头可爱的驴丰富了诗的意境。今天的诗人如果谁说"细雨骑摩托入剑门""细雨骑飞机入剑门""细雨骑火车入剑门"，是没有半点儿诗意的。驴再卑微，驴也是生命。飞机再豪华，飞机也不是生命，只是金属制作的运输工具。更重要的是，再高级的工具也没有眼睛。而我们知道，驴有一双笃诚的眼睛，所以陆游骑着它，就把宋朝的一段山路走成了不朽的诗。

羊的眼睛单纯极了，那真正是孩子的眼睛。我多次站在或蹲在羊面前，看它的眼睛，那是一片晴空和月色，那是没有被污染的大自然的眼睛。野心家、阴谋家、奸臣、恶棍、市侩、骗子，在这样的眼睛面前应该感到自己是多么脏、多么邪恶、多么不地道，不仅失去了人之为人的本真，而且连动物也具有的纯朴的自然属性都丧失了，说他不是人，是在骂他；说他是动物，简直是抬举了他——动物所具有的诚实、质朴、单纯，他有吗？我最爱看羊低头吃草的样子，它咀嚼得那么认真，仿佛不是在为自己，而是为着一个更遥远的目的，它最喜欢有露水的青草，它带着欣赏的神情品味着大自然的礼物。我忽然明白了，一个以露水、青草为食物的生命，它的性情里肯定也带着露水的纯洁和青草的芳香。我想，这大约是羊天性良善的原因；这大约也是羊总被狼吃的原因。食草动物常常要输给食肉动物。我不禁为羊忧虑起来：羊的悲剧就这样演下去？但是，羊对此浑然不觉，羊的那双孩子般的眼睛，仍在寻找露水和鲜美的植物。

　　人们总是骂势利眼为"狗眼"。可见狗天生一双势利眼，如那些势利小人。但是还有另一句评语为狗平了反："狗不嫌家贫。"比起忠实的狗，势利的奴才们是远远不如的，奴才们总是根据风吹草动不断变换自己效忠的主人。我观察过狗的眼神，倒不像有些人说的那样势利或下贱，相反，狗的眼神里有机智，有褒贬，也有自尊。有一次我长久地凝视朋友家的那只白狗的眼睛，开始，它也望着我，似乎在与我交流，四目相对。过了些时候，那狗仿佛觉得这样互相呆望着太没趣，有失尊严，便不好意思地将眼睛移往别的方向。过一会儿，它又偷偷瞥我一眼，看见我仍在望它，便转身走了，好像在说："这不知趣的人的眼睛。"我望着狗远去的背影，忽然想到：人失去了尊严，真不如这有尊严的狗。

"眼睛是心灵的窗口"，这是人自己表扬自己的眼睛，动物自然是不配的。但我在许多时候，在动物的眼睛里看见了纯洁、正直、尊严等动人的东西。我想象，那眼睛后面肯定也有情感和心灵，只是我们不能或不愿去认识和发现罢了。相反，我倒是从人的"窗口"，窥见了伸手不见五指的"黑屋子"。难怪有人说：见多了人的眼睛，你会觉得动物的眼睛更美。因为它纯洁。

怀念小白

我确信它的骨肉和灵魂已被树木吸收,看不见的年轮里寄存着它的困惑、情感和忠诚。

我怀念那条白狗。

是我父亲从山里带回来的。刚到我家,它才满月不久,见人就跟着走。过了几天,它才有了内外之分,只跟家里人走,它对外人、对邻居也能友好相处,只是少了些亲昵。

我发现狗有着天生的"伦理观"和"社交能力"。不久,它就和四周的人们处得很熟,连我没有见过的大大小小的狗们也常在我家附近的田野上转悠,有时就"汪汪"叫几声,它箭步跑出来,一溜烟儿就与它的伙伴们消失在绿树丛林和油菜花金黄的海里。看得出来,它是小小的狗的群落里一个活跃的角色。我那时在上高中,学校离家有十五里,因为没钱在学校就餐,只好每天跑步上学,放学后跑步回家吃饭,然后又跑步上学,只是偶尔在学校吃饭、住宿。我算了一下,几年高中跑步走过的路程,竟达一万多里。这么长的路,都是那条白狗陪我走过来的。每一次它都走在我前面,遇到沟坎,它就先试着跳过去,然后又跳过来,蹭着我的腿，抬起头看我，示意我也可以从这里跳过去。到了学校大门，它就停下来，它知道那是人念书的地方，它不能进去。它留恋地、委屈地目送我走进校园，然后走开，到学校附近的田野里。等到我放学了，它就准时出现在学校门口，亲热地蹭着我，陪我从原路走回家。我一直想知道在我上课的这段时间里，它是怎样度过的。有一天我特意向老师请了一节课的病假，悄悄跑出校园观察狗的动静。我到食堂门口没有找到它，它不是贪吃的动物；我到垃圾堆里没有找到它，它是喜欢清洁的动物；我到公路下面的小河边找到它了，它卧在青草地上，静静地看着它在水里的倒影出神。我叫了它一声"小白"（因为它通体雪白），它好像从梦境中被惊醒过来，愣愣地望了我一会儿，突然站起来舔我的衣角，这时候我看见了它眼里的泪水。那一刻我也莫名其妙地流出了眼泪，我好像忽然明白了生命都可能面对的孤独处境，我也明白了平日压抑我的那种阴郁沉闷的气氛，不仅来自生活，也来自内心深处的孤独。作为人，我们尚有语言、理念、知识、书本等叫作文化的东西来化解孤独、升华孤独。而狗呢，它把全部的情感和信义都托付给人，除了用忠诚换回人对它的有限回报，它留给自己的全是孤独。而这孤独的狗仍然尽着最大的情谊来帮助和安慰人。这时候狗站在我身边，河水映出了我和它的倒影。

后来我上大学了，小妹又上高中，仍然是小白陪着妹妹往返。妹妹上学的境遇比我好一些，平时在学校上课、食宿，星期六回家,星期日下午又返回学校。小白就在星期六到学校接回妹妹,星期日下午送妹妹上学,然后摸黑返回家。我在远方思念着故乡的小白,想着它摸黑回家的情景,幽黑的夜里,它是一团白色的火苗。有一次我梦见小白走进了教室,躲在墙角看着黑板上的字,它也在学文化?醒来,我想象狗的脑袋里到底在想什么?它有没有了解人,包括了解人的文化的愿望?它把自己全部交给人,它对人寄予了怎样的期待?它仅仅满足于做一条狗吗?它哀愁的深邃目光里也透露出对人、对它自己命运的大困惑。它把我们兄妹送进学校,它一程程跑着周而复始的路,也许它猜想我们是在做什么重要的事情。我们识了许多字,知道了一些道理,而它仍然在我们的文化之外,它当然不会嫉妒我们这点儿文化,但它会不会纳闷:文化,你们的文化好像并没有减少你们的忧愁。

后来小白死了,据说是误食了农药。父亲和妹妹将它的遗体埋在后山的一棵白皮松下面,它白色的灵魂会被这棵树吸收,越长越高的树会把它的身影送上天空。那一年我回家乡,特意到后山找到了那棵白皮松,树根下有微微隆起的土堆,这就是小白的坟了。我确信它的骨肉和灵魂已被树木吸收,看不见的年轮里寄存着它的困惑、情感和忠诚。我默默地向白皮松鞠躬,向在我的记忆中仍然奔跑着的小白鞠躬。

放牛

也许,我这一辈子,都被一头牛隐隐约约牵在手里。有时,它驮着我,行走在夜的群山,飘游在稠密的星光里……

大约六岁的时候,生产队分配给我家一头牛,父亲就让我去放牛。

记得那头牛是黑色的,性子慢,身体较瘦,却很高,大家叫它"老黑"。

父亲把牛牵出来,把牛缰绳递到我手中,又给我一节青竹条,指了指远处的山,说,就到那里去放牛吧。

我望了望牛,又望了望远处的山,那可是我从未去过的山呀。我有些害怕,说,我怎么认得路呢?

父亲说,跟着老黑走吧,老黑经常到山里去吃草,它认得路。

父亲又说,太阳离西边的山还剩一竹竿高的时候,就跟着牛下山回家。

现在想起来仍觉得有些害怕,把一个六岁的小孩交给一头牛,交给荒蛮的野山,父亲竟那样放心。那时我并不知道父亲这样做的心情。现在我想:一定是贫困艰难的生活把他的心打磨得过于粗糙，生活给他的爱太少，他也没有多余的爱给别人，他已不大知道心疼自己的孩子。我当时不懂得这简单的道理。

我跟着老黑向远处的山走去。

上山的时候，我人小，爬得慢，远远地落在老黑后面，我怕追不上它，我就会迷路，我很着急，汗很快就湿透了衣服。

我看见老黑在山路转弯的地方把头转向后面，见我离它很远，就停下来等我。

这时候我发现老黑对我这个小孩是体贴的。我有点儿喜欢和信任它了。

听大人说，牛生气的时候，会用蹄子踢人。我可千万不能让老黑生气，不然，在高山陡坡上，它轻轻一蹄子就能把我踢下悬崖，踢进大人们说的"阴间"。

可我觉得老黑待我似乎很忠厚，它的行动和神色慢悠悠的，倒好像生怕惹我生气，生怕吓着了我。

我的小脑袋就想：大概牛也知道大小的，在人里面，我是小小的，在它面前，我更是小小的。它大概觉得我就是一个还没有学会四蹄走路的"小牛儿"，需要大牛的照顾，它会可怜我这个"小牛儿"的吧。

在上陡坡的时候，我试着抓住牛尾巴，借助牛的力气爬坡，牛没有拒绝我，我看得出它多用了些力气。它显然是在帮助我，拉着我爬坡。

很快地，我与老黑就混熟了，有了感情。

牛去的地方，总是草色鲜美的地方，即使在一片荒凉中，牛也能找到隐藏在岩石和土包后面的草丛。我发现牛的鼻子最熟悉土地的气味。牛是跟着鼻子走的。

牛很会走路，很会选择路。在陡的地方，牛一步就能踩到最合适、最安全的路；在几条路交叉在一起的时候，牛选择的那条路，一定是离目的地最近的。我心里暗暗佩服牛的本领。

有一次我不小心在一个梁上摔了一跤，膝盖流血了，很痛。我趴在地上，看着快要落山的夕阳，哭出了声。这时候，牛走过来，站在我面前，低下头用鼻子嗅了嗅我，然后走下土坎，后腿弯曲下来，牛背刚刚够着我，我明白了：牛要背我回家。

写到这里，我禁不住在心里又喊了一声：我的老黑，我童年的老伙伴！

我骑在老黑背上，看夕阳缓缓落山，看月亮慢慢出来，慢慢走向我，我觉得月亮想贴近我，又怕吓着了牛和牛背上的我，月亮就不远不近地跟着我们。整个天空都在牛背上起伏，星星越来越稠密。牛驮着我行走在山的波浪里，又像飘浮在高高的星空里。不时有一颗流星，从头顶滑落。前面的星星好像离我们很近，我担心会被牛角挑下几颗。

牛把我驮回家，天已经黑了多时。母亲看见牛背上的我，不住地流泪。当晚，母亲给老黑特意喂了一些麸皮，表示对它的感激。

秋天，我上了小学。两个月的放牛娃生活结束了。老黑又交给了别的人家。

半年后，老黑死了。据说是在山上摔死的。它已经瘦得不能拉犁，人们就让它拉磨，它走得很慢，人们都不喜欢它。有一个夜晚，它从牛棚里偷偷溜出来，独自上了山。第二天有人在山下看见它，已经摔死了。

当晚，生产队召集社员开会，我也随大人到了会场，才知道是在分牛肉。

会场里放了三十多堆牛肉，每一堆里都有牛肉、牛骨头、牛的一小截肠子。

三十多堆，三十多户人家，一户一堆。

我知道这就是老黑的肉。老黑已被分成三十多份。

三十多份，这些碎片，这些老黑的碎片，什么时候还能聚在一起，再变成一头老黑呢？我忍不住号啕大哭起来。

人们都觉得好笑，他们不理解一个小孩和一头牛的感情。

前年初夏，我回到家乡，专门到我童年放牛的山上走了一趟，在一个叫"梯子崖"的陡坡上，我找到了我第一次拉着牛尾巴爬坡的那个大石阶。它已比当年平了许多，石阶上深深凹下去的两处，是两个牛蹄的形状，那是无数头牛无数次地踩踏而成的。肯定，在三十多年前，老黑也是踩着这两个凹处一次次领着我上坡下坡的。

我凝望着这两个深深的牛蹄窝。我嗅着微微飘出的泥土的气息和牛的气息。我在记忆里仔细捕捉老黑的气息。我似乎呼吸到了老黑吹进我生命的气息。

  我忽然明白，我放过牛，其实是牛放了我呀。

  我放了两个月的牛，那头牛却放了我几十年。

  也许，我这一辈子，都被一头牛隐隐约约牵在手里。

  有时，它驮着我，行走在夜的群山，飘游在稠密的星光里……

第三辑

草木芬芳,可染灵魂

它们从远古一路走来,万古千秋,
它们小心地保管着怀里的种子,
小心地捧着手里的露水;
万古千秋,它们没有将内心的秘密丢失,
没有将手中的宝石打碎。
它们完好地保存了大地的景色,
维护着田园的诗意。

橘子是一颗心

在这座建筑里，除了柔软、温情、甘露，除了爱的纤维、思念的经纬，再没有任何杂质，再没有任何杂味，再没有任何杂念。

  一瓣一瓣紧挨着，围绕一个芬芳的轴心，它们均匀地排列、旋转。

  那封闭的穹隆，是它们的工地，它们认真施工，它们仔细酝酿、构思和校正自己，让每一瓣都尽可能符合思念的质地和美学的尺寸，让每一瓣都是上好的建筑材料。

  它们认真镶嵌自己，把自己镶嵌在另一个自己和更多的自己旁边。

  仿照太阳和星星的造型，它们修建一座圆形的建筑，一座梦的建筑。

  它们如此安静，不声不响，它们深藏不露，它们要在难免有些生硬、荒凉、危险、粗糙的宇宙里，另外建造一个柔软、多汁、温情、精致的宇宙。

  它们既是建筑师，也是建筑材料，也是建筑本身。

  如此圆满和纯粹，如此安静和温润，这是我们能看到和能想象到的最好的圆形建筑了。

在这座建筑里，除了柔软、温情、甘露，除了爱的纤维、思念的经纬，再没有任何杂质，再没有任何杂味，再没有任何杂念。

这圆形的、梦的建筑，芬芳的建筑。

这心形的建筑。

不，它就是一颗心。

除了这么好的橘子，我实在想象不出还有更好的橘子。

就如同，除了《诗经》里的句子，我实在想象不出还有更好的句子。

丝瓜藤的美学实验

我们存在的价值，仅仅是连接那等待连接的，感通那等待感通的，传递那等待传递的。

    五岁那年初夏的一天，我到大姑姑家玩。大姑姑正在吹火做饭，我躺在竹躺椅上看着跟前的丝瓜藤，丝瓜藤俯下身也在好奇地看着我。藤上的叶子和花骨朵儿，在风里轻轻摇动，有几根藤儿离我很近，对我很着迷，想摸我的脸，我一呼吸，藤叶就跟着在脸旁边颤。我看了它们一会儿，头一歪，就转身到梦里去了，而它们，站在梦外定定地看着我。

    不知睡了几百年，耳朵被什么轻轻扯了一下，丝瓜藤一阵颤抖。我一摸耳朵，凉凉的，酥酥的，有点儿痒，一伸手，取下的却是一节细嫩弯曲的青丝，再一看丝瓜藤，那垂在躺椅附近的触须，已被扯断了，还在战栗着。

    原来，在我熟睡的时候，那正在小心探路的悬在空中的丝瓜藤，悄悄接近了我。它抽出细嫩的触须，在我的耳轮上轻轻缠绕起来，准备让我的耳朵成为丝瓜藤的落脚点，成为夏天的一个小站，一个栈道，成为植物梦想的一部分。如果试探成功，确信我的耳朵可靠，这些从宋朝甚或从更远的年代一路赶来的丝瓜藤便会连接起我的身体，在我耳朵附近开几朵丝瓜花，挂上至少一个或两个翡翠般的丝瓜。如此，这寸草不生、一物不养的荒凉耳朵，将来，就不必以谎言、废话为食物，也不必以黄金、宝玉做饰物。

但是，我太冒失了，扯断了比我的梦境还要精致的丝瓜藤的细嫩螺丝卷儿，打断了这个初夏最美好的实验。

丝瓜藤的实验失败了。它难受地战栗着，好不容易伸过来的热情诚恳的手，被拒绝了，它蒙了，傻了，手足无措。

童年的天空下，战栗着丝瓜藤的失望和忧伤。

但是，那个农家小院，竹躺椅上的那一觉，大姑姑家丝瓜藤芬芳的触须，却在我的心里生根了。

是的，我一直在想：我们的身体，包括我们的耳朵、眼睛、鼻子、手臂，以及我们身体的其他各个部位，全部加在一起，重量只是一百来斤，上苍将这一百来斤的东西托付给我们临时保管，最终全部收回，寸发不留，其间深意究竟是什么？

细思量，那个夏天大姑姑家小院里丝瓜藤的触须，对我似有暗示：

我们，不过是至大如宇宙星空，至小如爱的凝视，如丝瓜藤之细嫩触须的连接点、感通点、停靠点和小小驿站，我们存在的价值，仅仅是连接那等待连接的，感通那等待感通的，传递那等待传递的，让至大如宇宙星空，至小如爱的凝视以及丝瓜藤的细嫩触须，在此降临、停靠并连接、传递，让时间的藤蔓散发出馨香。

蕨草在我家门前蔓延

蕨，这平凡的草民，匍匐于地母胸前，默默续写大地的葱茏史诗。

六千多万年前的一个黄昏，恐龙集体失踪。蕨草养活了这庞然大物，也目睹了它们的灭顶之灾。灾难自天而降，山崩地裂，生灵哭泣，英雄们还没来得及转身，就纷纷倒下，连背影也没留下。那颗星球变成一个大坟包。

在那大坟包上，在无边废墟上，在石缝里，在毫不显眼的阴湿卑微之地，有一种总是匍匐着的、柔弱谦卑的植物，却奇迹般地活了过来。蕨，这平凡的草民，匍匐于地母胸前，默默续写大地的葱茏史诗。

就这样，从两亿多年前，它们一路走啊，走啊，目睹了无数次地质变迁和物种们轮番上演的喜剧和悲剧。它们锯齿形的书签，一直夹在地质史和生命史最为晦涩费解的段落，拉来拉去，锯来锯去，直到把时间锯成粉末。它们的脚步覆盖了无数英雄的骸骨和坟墓，覆盖了我们无法理解和想象的无穷往事和无边荒原。它们葱茏的步履，走啊，走啊，一直走到我老家的门前。

这天早晨，在我的家乡李家营，我轻轻推开老屋的木门，在门外的小路上，我低下头，看见父亲的菜园旁，路边石缝里，从汉朝以及更久远的源头流来的溪水边，长满了柴胡、灯芯草、麦冬、鱼腥草，还有那深蓝色、锯齿形的蕨草。在众多草里，它显得兴冲冲、很高兴的样子，好像被草药们的味道陶醉了，或者它总是这样高兴。此时，它正向我招手，打着诚恳谦卑的手势。

我忽然想到，亿万年前，恐龙们也曾看见过这样的手势。

中午，我吃着母亲做的蕨粉，想着一个不太好想的问题。

无疑，人类是现今地球的霸主，即现代"恐龙"。那么，蕨，这古老的植物，这时间的见证者，沧海桑田的目击者，你究竟能陪我们多久呢？或者，我们究竟能陪你多久呢？在地球的史诗里，谁书写了最有生命力的章节？在时间的长河里，谁是激流中一闪而逝的漂浮物，谁又是岸上久远的风景？

此时，正午的阳光照在老屋前的菜园上，闪烁着亿万年前的那种炫目光斑。父亲正在菜园锄草、培土、浇水，白菜、芹菜、葱、菠菜、莴笋们，长势良好。母亲在菜园旁长满蕨草的小路上，拄着拐杖，看着菜园，来回踱步。她苍老慈祥的身影，投在蕨草丛上，身影慢慢移动，蕨草们就一明一暗，好像在换衣裳。

更久远的时光我且不去想。此时，看着父母的身影和一明一暗的蕨草，我心里有一种暂且的安稳。我且安于这有父亲、有母亲的日子。我且安于这一碗蕨粉、一盘素食、一身布衣的日子。

门外,那蕨草,从我家门前的小路旁、菜园边、溪流畔,一直向远处葱茏着,汹涌着,蔓延着,漫向大野,漫向远山,漫向苍穹,漫向时间尽头。

一群傻瓜在菜地里睡眠

傻傻的土地养出一群傻傻的大傻瓜,满身满心都是傻傻的感情。

地瓜、黄瓜、丝瓜、葫芦、南瓜、金瓜、苦瓜、香瓜、冬瓜……

一群傻瓜全都在菜园里傻睡。

"呼噜噜","呼噜噜",微风里还打鼾。

路过的鸟儿还传播几句它们偷听到的梦话。

全是傻瓜们说的傻乎乎的傻话。

地瓜没进过城,没见过世面,没受过励志教育。

除了憨,它没别的见识和想法。

被我那也没见过世面的爹爹埋没在土里。

埋没了就埋没了。土里暖和,土里有营养。

果然,这没见过世面的傻子,却长成了敦实汉子,地道的瓜。

一排排黄瓜手扶着藤儿做引体向上体操。

比赛的结果皆大欢喜:每一个黄瓜都获得"绿色黄瓜"光荣称号。

丝瓜走哪儿都喜欢做卷螺丝卷儿的游戏。

恨不得在妹妹的窗口也卷几个螺丝卷儿，把春天固定在那儿。

也把自己固定在那儿。

亲眼看妹妹怎样一笔一画把自己写进一篇作文。

谁说葫芦喜欢收藏酒？没这回事儿。父亲说葫芦喜欢收藏露水。

葫芦对人很客气。那天不小心碰了母亲的头。

葫芦一个劲儿道歉，低下头，颤抖着对妈妈说对不起。

我妈摸了摸它害羞的头，说：傻孩子，没事的。

快静下来，可别把头摇晕了，把后面的节令摇乱了。

没人知道南瓜花耷拉在地上在想什么。但是爹知道它的心事。

爹把路边串门的南瓜蔓儿领回地里，就像老师修改了我作文的思路。

那蔓儿立即结出一个嫩瓜，为"善解瓜意"的爹爹点了一个大赞。

金瓜从不拜金，也不拜银。谁起了这俗气的名字？

不过，金瓜不管雅俗，不懂金银，即使你叫它俗瓜、愣瓜、闷瓜也行。

到时候它老老实实捧出来的总是纯正的金瓜。

苦瓜是土地的苦孩子,土地的艰辛和悲苦,它心知肚明。
它尽最大努力把土地之苦藏进自己心里。
能让土地老娘喘一口气,它情愿永生永世都做苦瓜。

苦瓜旁边的香瓜有点儿不好意思了。谢谢苦瓜大哥。
你把苦水喝了,甘露都留给我这做弟弟的。
土地老娘啊,我身上的香,心里的甜,都是你积的德。
都是苦瓜大哥咽着苦水成全了我,你是大佛,他是菩萨。

冬瓜,大家都看到冬瓜了,顺着农历的线索摸索着走啊走。
不知听到土地一句什么悄悄话,"扑通"一下,就蹲在那儿不走了。
哪儿都不去了,天堂都不去了。
半夜里,月亮走下来把它当枕头枕着睡了一觉。
醒来发现自己也长胖了一圈。嗬,这傻瓜有傻福。
什么福?无非是让自己天天变傻,越来越傻。
直到变得和土地一样傻,能傻在一起的,才是一家!

傻傻的土地养出一群傻傻的大傻瓜,满身满心都是傻傻的感情。

都是傻傻的思念，都是傻傻的、不掺任何杂质的淳朴营养和单纯想法。

傻土地什么都见过，见过尖锐的刀锋、厉害的轮子、伤心的毒药。

见过精明的算计、残酷的榨取、贪婪的脑瓜。

傻土地都快被贪婪的脑瓜榨干啦。

好在天上有傻太阳、傻月亮、傻星星、傻银河。

照着傻傻的土地老娘，老娘怀里还抱着希望的种子。

抱着一群憨厚的孝子，一群憨厚的傻瓜。

要不是怀里还有这样的傻瓜，土地老娘真的受不了啦……

槐树记

一棵树珍藏着我青春的记忆，一直把它托举在蓝宝石的天上。

我小的时候，老家门前的这棵槐树也还小，比我高不了多少，我把它当作我的哥哥。

虽然我有哥哥，但他不大像哥哥，到底为什么觉得他不像哥哥，我说不太清楚，当时的感觉是他在我心里引不起温暖亲切和可以依靠的感觉。当然，他也小，他可能也在心里盼望温暖亲切和可以依靠的感觉，我不能责怪和埋怨他。我想，我作为弟弟，算是有哥哥的人，心里尚且空落，他这当哥哥的，尤其是当大哥的，他把哥都当到顶了，前面再没有一个可以被他称为哥哥的人了，也许他还在心里埋怨我为什么是他的弟弟，而不是他的哥哥呢？他又能指望依靠谁呢？想到此，我就没有理由怪他了，反而对他这个没有哥哥的人产生了同情。

尽管如此，我的心里还是寂寞和寒冷的，我想，世上应该有更好一些的哥哥吧？

但是，哥哥是不能随便得到的，不是想有什么样的哥哥就有什么样的哥哥，也不能在人群里喜欢上了一个好哥哥样子的人就把人家当作你的哥哥，人家也不一定愿意当你的哥哥。

一个没有哥哥的人，是孤单的；有了哥哥却如同没有哥哥似的，是更孤单的。因为没有哥哥你还可以想象，假如有了哥哥可能会是一个很好的哥哥吧；有了哥哥而哥哥不怎么样，你连对好哥哥的想象都不会有了。

就这样，我爱上了门前这棵槐树，我把它当作我的好哥哥。

它的个子比我高出一个头，我就想，它该比我大一岁吧，就算大两岁吧。大两岁就比我懂事，比我有主见，比我会关心人，也自然就会关心我。于是，我就有了一个比我大两岁的好哥哥。

早上起来，我首先跑到槐树跟前，站直身子，与我的好哥哥比个子，看谁长得快。我自然是比不上槐哥的，过了两天，它又比我高出半箩片了。但我不嫉妒它，哥哥嘛，就应该比弟弟高。槐树呢，一点儿也没有高我一头的得意忘形，它静静地站在我面前，说，别急，有苗不愁长。

放学回家，我就把书包挂在槐树的一根粗枝丫上，那时书包不重，里面就是两三本课本，几个作业本。本来我也可以不让它背，但我是这样想的：我比它小，我都上学了，槐哥却不能上学读书，它背上书包，也就成了身背书包的小学生了。我的哥应该比我有文化啊！但我又担心，槐哥肩膀嫩，我怕压伤了它，也怕影响它长个子，每天就让它背一会儿书包，就像走在上学路上的样子。然后取下来靠在它的根部，我让槐哥靠近书包里的文化。

我在树下念书的时候，槐哥很安静地听着，不发出一点儿吵闹的声音，比班上那些同学还懂得宁静致远的道理；我相信我背诵的那些文章和诗歌，槐哥也会背诵。我背"离离原上草……"槐哥一边默诵，一边身子就动了动，它是按照诗的节奏在"离离"地往上长哩；我背"两个黄鹂鸣翠柳……"槐哥的叶子也在风里念念有词，槐哥头顶果然就出现了两个黄鹂，说明它真在背诵哩。鸟是最能听懂树的话语的，黄鹂听见树在喊叫它的名字，就飞来了。我读毛主席的教导"好好学习，天天向上"，槐哥果然就猛长了一头，高出我许多。"天天向上"我是念在口上，槐哥可是记在心上，表现在身上。

　　写作文的时候，我一定是在槐哥身边才写得又快又好。槐哥的安静让我很快就安静下来。世上的事，除了唱歌表演，大部分事情都必须是在安静中才能做好，没有一个学问家、思想家、哲学家、科学家是在吵吵闹闹中工作的。我父亲种地，也是安安静静的，父亲说，吵闹和嘈杂，会让种子受惊，会伤了土地的元气。那时候我并不知道这么多，但我喜欢槐哥的安静，安静里，一定有天宽地阔的心境；我还喜欢槐哥的单纯，就那么一身绿色，一身清爽，顶多还有几声鸟叫，一弯素月，却怎么看怎么好看，怎么读怎么耐读，这不就是上好的文章吗？我坐在树下，总是文思泉涌，有时思路不畅，我就绕树转几圈，仿佛围绕真善美的中心，围绕诗意的中心，转着转着，从山重水复的上文，就转入柳暗花明的下文了。我常想，我的写作老师就是我安静、含蓄、清爽的槐哥，受它的感染，我的文字也就有了一些安静、含蓄、清爽的味道。

我对数学口诀总是记不住，这方面槐哥比我强多了，我背上一遍，它就记住了，而且立即就会应用和演算。加减乘除，它都精通。春天它做加法，一片绿芽加许多片绿芽，再加几只小鸟，连续加好多绿芽和好多小鸟，再加上一阵阵扑鼻的槐花香，再加上比母亲的蓝头巾还要蓝的天空，就求出了春天的总和；夏天他做乘法，绿叶乘绿叶，再乘上夜晚的星星，乘上早晨的露珠——那也是它计算用的珍珠吧，就算出了丰盛的夏天；秋天它做减法，一点点减去一些叶子，身边的蝴蝶和头顶路过的大雁也一点点减去，秋意就渐渐浓了，结果就很快出来了——霜，出来了；冬天做除法，是它最擅长的，它删繁就简，三下五除二，干净的树干，简明的树枝，遥指着清空高处的几粒星子，一眼就能看明白的"商"出来了——白茫茫的雪覆盖了大地。这时候，我也从学校领回了成绩单：语文98分，数学97分，自然常识96分。我也给我的槐哥打了分数，我把分数写在槐哥身上：语文98分，数学100分，自然常识100分。我是这样想的：我背的文章槐哥也会背，因为我是当着它的面背诵的，我做的作业槐哥也会做，因为我是靠在它身上做的，它把答案都看得一清二楚，所以它的语文分数和我应该一样；数学它是满分，它是天生的数学天才，我无法和它比；自然常识它也是满分，因为它就是大自然，常识只是我们对自然的粗浅认识，而它掌握着自然的深奥秘密哩。

我在长大，槐哥在长高。我们的友谊也在加深，我常常把心里的话说给槐哥。它总是耐心地听我说,从不打断我,也不随便插话,谁能耐心听一个孤独孩子的诉说呢?在那些年,只有我的槐哥。有时,它听明白了我的心事,感到它必须对我说点什么的时候,它的话总是那么诚恳温和。在风里,它把翠绿的叶子一片片展开,把写在手心的每一个字放在我的眼前,让我反复阅读。在它的语言里,我看到的总是明亮、绿意、温柔和来自内心深处的芳香,而在这时候,人间的词典里开始充斥尖刻和凶狠,生活中流行着一个孩子不能理解也不能接受的粗暴语法。一个喜欢倾诉也渴望被倾听的孩子,那时几乎找不到说话的对象,我感谢我有一个好哥哥,我的槐哥。它总是静静地站在那里,等待我,随时倾听我,它那翠绿、温和的话语,随时为我展开。

我在受了委屈、心里难受的时候,也曾在槐哥面前宣泄。我做得有些过分了,有几次,心里实在憋闷,就拿了裁纸的小刀,在槐哥身上划了几道口子,把心里的疼痛转移到槐哥身上。我的槐哥受伤了,但它没有喊叫,默默地承受了我的痛。有一次,一个心肠狠毒的人欺负我,善良的人似乎总会遭遇这样的毒心肠,好像这个世界过剩的毒素总要感染你。你无法比他狠毒,那么他就会让你的心发炎,好人受气似乎就成了家常便饭。你无法让他死,但你也不能被他气死吧!我对不起我的槐哥,我把气出在你的身上。那个黄昏,我用小刀子将那个我厌恶的名字刻在槐哥身上,并写下一句恶毒的话。对不起,槐哥,把那么恶劣的名字刻在你的身上,他配吗?那么臭的名字,亵渎了你芳香的骨头;那么恶毒的笔画，扎疼了你温柔的身体。刻上去之后，我后悔了，我感到对不起我的槐哥，但是我又不能用刀子刮掉，我不能让我的槐哥再一次受伤。这样，槐哥就不得不终身带着那些不好的笔画，带着那个不好的名字。后来槐哥的身子长得不是太端正，有点儿偏，我估计就是被那个名字，被那些不好的笔画给折磨的。

也许，槐哥心胸宽广正大，它不在乎什么名字、什么笔画的，那根本不算个啥。你即使把皇帝的名字刻在它身上，它也不理不睬，它该怎么就怎么，照旧发它的绿叶，长它的年轮，写它的成长日记。它长得有点儿偏，可能是受了风的误导，从小河里吹来的风路过我家门前时，要转一个弯，槐哥就轻轻向右面偏了一点；也可能是受了我的影响，我小时看书，爱靠在槐哥身上，槐哥以为我要让它向那边长，就听我的话偏着长过去了一点儿。

后来，我感染了一种叫"初恋"的病症，我偷偷爱上了一个散发着淡淡青草香的名字。但这是怎样开天辟地的大事，又是怎样神秘和圣洁的事，就如一个人赤着脚向着一片纯白雪地走去，既害怕踩脏了那雪地，又忍不住走向那梦境般的洁白。我是不是个不怀好意的人呢，怎么独独对人家有了留恋的念想，人家会不会骂你、讨厌你、瞧不起你？我能对谁说这事呢？这游丝般的念想就那么在心里缠绕不已。我的心里住进了上千只蜘蛛，它们都在围绕一个中心编织情感，那么认真，却又那么纷乱，无数游丝重叠交织成头绪纷繁，希望有结果却注定看不到结果的既芳香又苦涩的幸福的混乱！我对谁说呢？我不能对谁说！怀抱花粉的蜜蜂，它又对谁说呢？怀抱丝絮的蚕儿，它又对谁说呢？我必须为自己的春天保密。心，快爆炸了。在一个静静的月夜，我把心里的秘密对槐哥说了。槐哥听完了，答应为我绝对保密，不对任何人说，也不对树上过夜的鸟儿说，也不对头顶路过的月亮说，但是该怎么办，槐哥却拿不出主意，大概槐哥还没有过初恋的经历吧。这时候，我看槐哥也和我一样忧郁，它好像也陷进了初恋的烦恼之中。我明白了，槐哥愿意分享春天的秘密，也愿意分担春天的苦涩。我情不自禁地拿出小刀子，在槐哥身上刻上了那个名字。为了那个名字的安全和保密，我特地站在凳子上，在树的高处，在一年前刻下的那个丑陋名字的上面，我郑重地，一笔一画地刻上那个美丽的名字，美丽，高高地站在丑陋之上。就这样，在春天最高贵的部位，在槐哥芳香的年轮上，留下了我青春的笔迹，珍藏了我心爱的名字。槐哥，成了我初恋的纪念碑。

后来，槐哥就越长越高了，高出屋檐，高出屋顶，高出烟囱，高出柳树，高出榆树，高出杨树，高出那本来就很高的椿树，高出我青春的心跳能够触及的那部分天空。渐渐地，我只有仰起头才能看见槐哥那高高的树冠。

我知道，槐哥看见我渐渐也长高了，槐哥不愿我老是守在它旁边划一些重复的笔画，不愿我老是绕着它转圈圈，槐哥本身也看见了比屋檐和屋顶更高的天空，它也要向那里生长。树犹如此，何况人乎？我把耳朵紧贴在槐哥的身上，就听见里面哗哗流淌的血液；槐哥就在风里向我点头、招手，我懂得槐哥的意思，它是说：我们可不能停止生长哦。

后来，我就出门走了，留下了槐哥。

几十年后，我回到故乡，槐哥还健在。当年大我两岁的槐哥，如今已长成参天大树，样子也有点儿苍老了，不像我哥，倒像我的祖父。面对它，我只能仰望，像仰望伟大的祖先。

但它分明还是认识我的槐哥，我站在它跟前，立即就嗅到了它内心里的清香。它是看着我长大的，我是呼吸着这清香长大的，这清香出自它的心，又深深地沁入了我的心。多少年，它就用这样的清香提醒我、教育我，它一直把这纯真的香气保存在生命里，一棵树就以这样美好的方式证明着自己的存在。而人远不如一棵树这样美好，我们总是在太多的浑浊里游走、捕获，得意着和腐烂着，用人的话说就是成熟着和成功着；我们渐渐忘记了我们也曾经那么纯真和美好过，我们心安理得地开始了对青春的全面背叛，心安理得地向自己曾经那么厌恶、那么断然拒斥的贪婪的方向、市侩的方向、污泥浊水的方向一路滑去；我们把浑浊理解成世界本身和生活本身，直到浑浊将我们改造成另一种生物，我们向非人的方向快速进化，变得已不大像人了，但我们觉得自己不仅更像人，而且是个人物。一棵槐树以内在的芳香证明自己的存在，我们以浑浊的财富、浑浊的权力、浑浊的名声来证明自己的存在，你仔细辨认，我们的存在不是别的，我们其实就是浑浊本身，或是浑浊的化身和别名。

此刻，我呼吸到了槐哥内心里保存的动人的清香。我在心里叫了一声：我的好槐哥啊！如果我身上有了脏的东西、浑浊的东西、丑陋的东西，槐哥，你要斥责我、教育我、洗刷我，为我洗心，为我招魂啊！

我的槐哥不说话，憨厚地站着，站在它一直站的地方。我想，我的槐哥，已经把这片土地站成了芳香的磁场。

我这个小弟弟，如今在它的眼里，不仅没有长大，而且比当初更小了，小到成了它的儿子，成了它的孙子。

我仰望着我的槐哥，像仰望着我越来越值得尊敬的伟大祖父。

我忽然记起了多年前我刻在槐哥身上的名字，我已根本想不起那个丑陋的名字，但我牢牢记着那个美丽的名字。那个春天的秘密，槐哥，你把那个动人的名字一直藏在身上，不停地带向高处，不停地带着那个名字向天空奔跑，仿佛要把它放在月亮上，放在天上最坚固的大理石上。

我终于明白，我此时仰望的已不只是一棵树，我在仰望生命中最纯洁的部分。

在我们似乎不懂生命的时候，我们用透明的心、真挚的忧伤，创造了生命最初的秘密和童话；那时候，我们站在世界的低处，我们战栗着，我们小心保存着自己露珠一样透明的心，它是如此干净，如此珍贵，如此脆弱易碎，世上找不到能够与它的干净和珍贵般配的纯真器皿保藏它，以至有多少青春的宝物都摔碎了，散落了，消失了。

所幸我的槐哥为我保存了我生命中最纯洁、最无价的部分。

一棵树珍藏着我青春的记忆,一直把它托举在蓝宝石的天上。

我在仰望,一个正在老去的人,如今回过头开始仰望他早年的神话。

仰望生命中最纯洁的部分。

他久久仰望……

一株野百合开了

只要能与土地和天空发生联系,植物都会把朝气的绿色、鲜美的花、芬芳的果实拿出来,以这种美好的方式证明自己有一颗美好的灵魂。

那天我在南山游荡,在一个长满艾蒿的坡地,我被一股浓郁的草木香气迷住了,我停下来,让脑子里什么念头也没有,只让鼻子和肺专心工作——其实是专心享用。这香气含着苦味,就比芳香多了些深厚,有点儿像佛教,很智慧,似乎也有解脱的喜悦,但其底蕴却是苦的。我闭着眼睛深呼吸了一会儿,像做了一个梦似的睁开眼,竟看见一束雪白的光灼灼地、然而又很温柔地在面前闪着,是一株野百合开了。刚才我来到这艾蒿地的时候,只看见它还是含着苞的,我被草木苦香所陶醉而忘情地闭目呼吸——就趁我走神的时候,它悄悄地完全地绽开了自己。这之前,我知道站在我面前、害羞地躲在艾草身旁的这株美好的植物是会开花的,如一个女孩儿出嫁是迟早的事情。但是我没有想到它这么快、这么奇妙地开了——趁我闭目呼吸的时候,它开放了自己。我就想,我闭目的时候是否做梦了——这洁白的、鲜美的,就是我的梦啊!

你可想象我该是怎样的惊喜以至于狂喜，是那种透明的狂喜。心灵被纯粹的美、圣洁的事物打动，连心灵里那些皱褶的部位，藏着细小阴影的部位，都被这突然降临的神一样的光芒完全照亮了。我们这些成人，即便是善良的人，也早已被社会学、经济学、伦理学过于复杂地重塑。心，已经成为一团交叠的欲望或一种混浊的冲动的代称；而透明的心，我们更是日渐远离，终于不知为何物，如上古神话一样陌生的东西了。我们似乎懂事了，懂了什么大事呢？是我们懂得了钱、官职、名声、市场、名牌服装等的无比重要，除此之外，那些与心灵有关的事物，比如美德、彩虹、上帝，屋顶上方专注地凝视着我们的那颗星星，旷野上的一位散步的老人投给我们的那一瞥善意的眼神，等等，都是不重要的，因为这些东西都不能存入银行产生利息，或投进生意场盈利。我们是真正地成熟了，成熟的最可靠的标志是我们荒废了感动，却学会了盘算，而且成了一把快速演算的算盘。算盘，它懂得崇拜什么呢？它只崇拜数字和到手的好处，其余的，它都麻木且拒绝，我们这里的成熟究竟是什么意思呢？我曾经听见一个市侩认真地教导一群孩子：如果能像我这样，每一根头发都想着"发"，每一个表情都知道向权力微笑，你们就快成熟了。我终于知道，我们这里虽然不缺乏伦理学硕士、美学博士和宣传总监，但真正普及了，并且渗入骨髓、落实在生活中每个细节的，却是市侩的学问。啊，都成熟了，都懂事了，你指望浩浩荡荡的市侩的洪流，造出一个怎样的海？

多么可叹，我们慷慨地将心灵弃置于黑暗中，并生怕它跑出来干扰我们去赴魔鬼的筵席，因为必须让自己完全"黑"下来才能占一个好的席位，所以我们在埋于暗处的心上再压上砖石、覆上灰土，让它长出毒菌，这样我们就心安理得地吃肉、喝酒、猜拳作乐了。在市侩安排的晚宴上，必须是没有灵魂的人，才能获得最大的快感。

多么可叹，谁还怀疑达尔文的进化理论没有道理？我们已经进化到不需要灵魂也能快乐生活的境界。猴子去掉了尾巴就进化成人，那么人去掉灵魂就进化成"超人"了，这是不容置疑的。你看，那些贪得开心、赌得开心、嫖得开心的"超人"们，那些醉生梦死的"英雄"们，有几个是有灵魂的？

我们只崇拜利益的灯盏，而抛弃了心灵的信仰之光；在池塘里，我们争夺每一条鱼、每一只虾，甚至想刨挖出池塘最深处的、据说在地壳附近深埋着的化石，然后卖给和你一样贪婪的人。池塘就是我们全部的噩梦和乌托邦，像鲨鱼、泥鳅、螃蟹一样，我们沉溺于此，撕扯于此，得意于此，落魄于此，最后失踪于此。在池塘之外，我们失去了壮丽的精神的天河。

如果时间也可以贪污、贿赂、抢劫、盗窃、买卖的话，早就有"成熟"的人做了"时间产业"的老板了。毫无疑问，这绝对是垄断产业，最大的受益者肯定是老板和他的一帮绝顶聪明的合伙人。他们人人手头都持有永恒的时间股份，而且源源不断地有人来贿赂，他们就真正地长生不老、洪福齐天了。

没有了星星，天空可以无限地黑下去，没有了灵魂呢？人会是个什么样子？

我想得似乎远了一点儿。总之，荒废了心，荒废了感动，我们失去了透明的情怀，我们不再或很少能够领略那种纯粹的、有着神圣感的幸福，那种为心灵显现的事物，我们看不见，也看不懂了。

我就这么站在这株野百合面前，感动着，忏悔着。我感到我不配面对这么洁白、纯真的礼物。我的内心里有着很多的不洁和阴影。你敢把自己的脏手无愧地伸进清泉吗？你刚从妓院里寻欢完毕，就向一位纯洁少女表达你高尚的爱情？我真想把人类中的相当一部分都领到这株野百合面前，在清澈目光的注视里，想想自己，想想自己的灵魂。

真的，我感到惭愧，我感到不配。我什么也没有做，而它，野百合，却送给我奇迹般的礼物。我真正感到植物的伟大了，植物站在任何能够存活的地方，哪怕潮湿、光线不足，只要能与土地和天空发生联系，植物都会把朝气的绿色、鲜美的花、芬芳的果实拿出来，以这种美好的方式证明自己有一颗美好的灵魂。而我们，占有了多少阳光、雨水和历史的土壤啊，我们能拿出多少绿叶、花朵和思想的氧气呢？即使我们站在光线充足的地方，心里也常常充满黑暗；即使我们的根须扎进本来还算肥沃的土里，我们也难得抽出青翠的枝条。贫瘠的灵魂使我们既辜负了自己，也辜负了岁月的期待。我们站在植物面前，太像一个阴影。

在我的惭愧之外，百合花却一直微笑着。

凝视一朵野花

那一刻,整个宇宙也变成了一朵绽开的花,那无限展开的,都是精美的情思,神的情思。

在这荒远的山野,在这呈四十五度角倾斜的斜坡,一朵花,静静地开了。

我发现你时,你正在绽开,像一位幽居的诗人,向唯一的读者,慢慢打开珍藏的手稿。

我看见的,竟是如此精美的情思。

如果我不看见你,我怎么能想象,一棵朴素的草身上,存放着这么动人的灵魂。

可惜你不会说话。如果你能向我说出你内心的秘密,我就不必在毫无美感的大学里研究什么美学,你已经向我透露了最古老的美学原理。

虹的构造、美德的构造、爱的构造、心的构造,都能在你这里找到原型。

甚至一个星系的构造,都遵循了你单纯而深奥的美学。

那么天真、诚恳、思无邪,你是一首完美的纯诗。

一缕淡淡的香漫进我的身体。

可惜我不能与你交换相似的体香。此时,我忽然觉得自己十分污秽。

令我略觉欣慰的是,在你的纯真面前,我发现了我的浑浊,并为此深感惭愧。

这说明我正在把一朵花的灵魂,移植进我的体内,以改变灵与肉的比例,改变美学与社会学的比例,改变神圣与庸俗的比例,从而使我的品质稍稍高出尘世,不辜负造物的苦心和构思。

就这样,一朵不知名的野花,正在从内部修改我,使我能以比较优秀,至少不太丑陋的生命历程,展开和完成自己。

我就这样静静地、目不转睛地凝视着这朵野花,然后,我转过身来,离你而去。

我不愿看见你凋零的时刻。

我将永远记住你向我微笑的神情。

那一刻,整个宇宙也变成了一朵绽开的花,那无限展开的,都是精美的情思,神的情思。

别了,一万年后,也许你还会在这里开放,那时,当有人凝视你的时候,你是否会想起:曾经有一个古人,那真挚的凝视。

我确信我的目光,那被你点燃,也被你净化的目光,最终也被你收藏于内心,并多多少少感染了你。

遥想，一万年后的某个早晨，你又一次悄悄绽开了，你绽开的时候，顺便透露了我的一部分眼神。

一万年后，遇见并凝视这朵野花的那个人，你知道吗？在一朵花上，有我寄存的目光，此刻，我和你的目光，相遇了……

与植物相处

你无意洒落一滴水,植物来年会回报你一朵花。没有谁告诉它生活的哲学,植物的哲学导师是深沉的土地。

不管如何,与人相处多了会有烦的时候。即使孔夫子在世,天天接受他老人家的教导,恐怕有时候也想请两天假,在家里闭门谢客,享受独处的宁静。即使李白在月光下复活,与他三五天喝醉一次是可以的,甚至是"不亦快哉"的,但如果日日狂饮,夜夜醉倒,不仅诗写不出来,还会喝垮了身体。"圣人"和"诗仙"尚且如此,何况世上并非都是你喜欢和热爱的人,就难免产生"烦"甚至更不好的情绪。

宠物大约就是由此"宠"起来的,人们养猫、养狗、养鸟,养一些可爱温驯的动物,动机之一恐怕就是想适度地拉开与"同类"的距离,而在与"异类"的相处中感受一种无忧的情趣。与这些动物相处,人可以恢复到一种简单的心境,不必戒备和算计,也不必在意那么多的礼节,更不用点头哈腰、献媚讨好。这一切都免了,动物不欣赏人类的文化,你只要喜欢它,它就给你回报:猫就偎在你的怀里,狗就向你撒娇,鸟就向你唱歌。在简单、纯洁的动物面前，人也变得简单、纯洁了，人就有了从容、宁静、无邪的心境，领略生命与生命交流的喜悦。

但是人能与之相处的动物的种类还是太少了，宠物是人精心选择和驯化了的。人不能和狼相处，麻雀好像压根儿不想与人类建立什么亲近的关系，它们只喜欢给人类制造一些小麻烦。人更无法考虑与虎、豹子等凶猛的动物相处，只能在动物园里隔着铁栅远远地欣赏它们的英姿。

这样，我们就格外思念大自然中的植物了。于是我来到植物们面前，它们是我的老师、医生和朋友。

这泛绿的青草可是从白居易的诗里生长出来？蒙蒙细雨里，我几步就走进了唐朝，隐约间仿佛看见了李商隐、王维他们的背影，青草绿了他们的诗，绿了古中国的记忆。我看见了车前草，还是在《诗经》里那么优美地摇曳着。狗尾巴草，那么天真地守在路边，谁家的狗丢了尾巴？遍地好看的狗尾巴，令千年万载的孩子们想找到那一只很好看的狗。三叶草，三片叶子指着三个方向，每一个方向都通向蝴蝶的翅膀。趁我伏在泉边喝水的时候，野百合悄悄地开了，洁白的手在风里打着手势，似乎谢绝与我相握，它嫌我的手太粗糙，嫌我的气息太浑浊？太阳花开了，这么灿烂的笑，我看见太阳的颜色了，我比天文学家看得清楚，我不用到天上去看，太阳的亲生女儿全都告诉我了。

茉莉、菊、栀子、玫瑰……轻轻地叫一声它们的名字，就感到灵魂里生出温柔、芬芳的气息。是的，许多植物的名字太美了，美得你不忍心大声呼叫它们。含着感情轻轻叫一声玉兰，那洁白如玉的花瓣会洒落你一身，你便感到这个春天的爱情又纯洁又慷慨。静静地守在昙花旁边，不要为天上的星月缭乱了视线，注视它吧，它漫长的一生里只有这么一个灿烂的瞬间。竹子正直地生长着；芭蕉粗中有细，准确地捕捉了风的动静；仙人掌握着满把的孤独，又用一手的刺拒绝轻薄的同情；一不留神，青苔就爬上了绝壁；野草莓想走遍夏天，却被一条蛮不讲理的溪水挡住了去路。我也被挡住了去路，于是就躺下来。一觉醒来，野草莓包围了我，多亏不远处松林里那五颜六色的蘑菇向我不停地递眼神，让我看见一条通向远方的幽径，否则，我怎么能走出这温柔而芬芳的围困。

有一小块自己的庄稼地多好啊！看一会儿书，种一会儿庄稼；写一首诗，侍弄一会儿花草。书里的思想抖落进泥土，会开出奇异的花；泥土的气息漫进诗里，诗会有终年不散的充沛的春墒。看青翠挺拔的玉米怎样抱起自己心爱的娃娃，看聪明的辣椒怎样在寒冷的土里找到一把一把的火，看豆荚躺在小床上如何构思，看韭菜排列得那么整齐，像杜甫的五律……

与植物待在一起，人会变得诚实、善良、温柔，并懂得知恩必报。世上没有虚伪的植物，没有邪恶的植物，没有懒惰的植物。植物开花不是为了炫耀自己，它是为自己开的，无意中把你的眼睛照亮了。植物终身都在工作,即使埋在土里,它也不会忘记自己的责任。你无意洒落一滴水,植物来年会回报你一朵花。没有谁告诉它生活的哲学,植物的哲学导师是深沉的土地。

核桃树

除了土地，核桃是无处可去的，人也是这样。

秋天来到我们家院子。

爹爹指着院子里这棵茂盛的老核桃树，说，核桃熟了，想吃，就用竹竿打吧。

爹爹还示范了一下，举起手中的竹竿，用力打树枝上的核桃。

核桃就"噼噼啪啪"落到地面上。

爹爹下地去了，我一个人待在院子里，举起竹竿练习打核桃。

核桃三三两两落下来，有一颗掉在我头上，好疼。

我停下竹竿，拾起地上的核桃，皮都破了，我们对它们，又是打，又是摔，它们一定是很疼很疼的。

难怪，它们都藏在树叶后面，躲避着恶狠狠的竹竿。

我就想，它们一生出来就高高地站在树上，站在生活的头顶，它们把地上的事情看得很清楚，对人，对生活，它们一定有点儿害怕。

难怪，核桃藏在树叶后面。

仰起头，我看见，站在枝头上的那些核桃，好像也仰望着天空，它们是不是想逃到天上去？

当然这是不会的，没有听说过，也没有见过它们逃走。去年冬天我就看见，那几颗站在最高枝头上的核桃，在下雪的时候，最终还是随着雪花落在了地上。

除了土地，核桃是无处可去的，人也是这样。

一次次举起的竹竿，一次次垂下来，认错似的停在我的手上。

我觉得很对不起核桃树，它为我们结果子，我们却打它。

我心里想，我若是核桃树，我就不结果子，或者不做核桃树，变成别的树，也就不会挨打了吧。

后来听老娘说，这棵核桃树已经有两百多岁了，春来发芽，夏来遮阴，秋来就捧出满树核桃。

两百多年了，它一直陪伴着一个家族，它目睹了多少往事，它给了人们多大的恩泽，然而，不幸的是，它挨了多少打啊！

再后来，我上学了，学了很多词语和成语，有不少词我不大理解，想想我家院子里的核桃树，我就有点儿明白了，比如这几个词——

"忍辱负重"，核桃树不正是用它的一生，注解着这个词吗？

"恩深仇重"，恩深的却似乎反而成了仇重的，结果子的反而要挨打，我们不就是这样对待自然万物，对待我们的恩人吗？

"以怨报德",我们不就是这样对待核桃树,对待许多事情吗?

那么,核桃树为什么从古至今总是这样,而且有可能永远是这样——庇护着人,又总是受着人的反复伤害,恩泽着岁月,却总是遭到岁月有意无意的虐待和打击?

直到有一天,我理解了一个古老的成语,我才终于理解了核桃树,以及类似核桃树的许多事物。

是哪个成语呢?

"厚德载物"——就是这个古色古香、温柔敦厚的成语。

以浑厚深沉的道德,负载和养育万事万物,自己则甘于无名、无功、无我的境界。

大地是这样,大地上的众多事物,不都是这样的吗?

圣人说:天无私覆,地无私载,日月无私照,四时无私行。是为圣德。

去年夏天回老家,看望老娘,当然也看望了比我老娘更老的老核桃树。坐在它的浓荫下,依稀看见它老枝新叶里密密的嫩果。

我想起它两百多年的年轮里记录着多少不为人知的往事,记录着多少念想、喜悦、疼痛、委屈和辛酸,我想起从它的浓荫里走过了多少先人的背影。

这是一棵伤痕累累的老树,这是一棵忍辱负重的老树,这是一棵厚德载物的老树,是的,这是一棵厚德载物的圣树。

于是，我用小刀在树身上恭恭敬敬地刻上"厚德载物"四个字，以礼赞它的大恩大德。

刻完，细看那字，笔笔画画都是伤痕。

我忽然悟到，即使我赞美它的时候，也依然在伤害它。

厚德载物，厚德载物，厚德载物。

我能做到吗？你能做到吗？我们能做到吗？

哪怕我们德也不厚，载物也不多，就用一点点德，载一点点物，我们能做到吗？

苍天不语，厚土无言，核桃树不说话。

它们厚德，它们载物，它们顾不得说什么。

天地有大美不言，天地有大善不言，天地有大道不言，天地有大德不言。

高山仰止，景行行止，虽不能至，心向往之。

我生于天地间，我也是被至大至深的天地厚德所载之物，那么，我也该载点儿什么吧？

我立正站在核桃树面前，恭恭敬敬，深深鞠躬。

刀痕里的四个字看着我。

"厚德载物"，静静地看着我。

田埂上的野花芳草

它们完好地保存了大地的景色,维护着田园的诗意。

那天,我独自到郊外田野游逛,时值初夏,油菜正在结籽,小麦开始灌浆,田埂上花草繁密,清香扑鼻。车前草、马蹄莲、狗尾巴草、灯芯草、灯盏花、鹅儿肠草、荠菜花、野草莓、鱼腥草、麦冬、苜蓿花……叫得上名字的和叫不上名字的,一丛丛、一团团、一簇簇,它们全神贯注地沉浸于自己的小小心事,酝酿着田园诗意,精心构思着代代相传的古老乡土艺术。一些性急的野花已捧出了成熟的小果果,我采了几样放进嘴里,有的纯甜,有的微甜带涩,有的不甜只涩,有的很苦涩。我当然不能埋怨它们不可口,它们开花结果压根儿就不是为了让我吃,只是为了延续自己的生命。它们自私吗?不!一点儿也不自私,它们没有丝毫的私心,也许它们本来无心,若说有心,那也是草木之心,草木之心者,天地之心也。它们属于天地自然,它们活着,是在为天地自然活着,是在为天地自然工作。它们延续了自己的生命,也就延续了土地的春天,同时也就延续了蝴蝶的舞蹈事业和蜜蜂的酿造事业,延续了鸟儿们飞翔和歌唱的事业。这样,其实也就延续了田园的美景，延续了人类的审美体验。在公元前的周朝和春秋时代，我们的先人在原野一边耕种，一边吟唱，信手拈来，脱口而出，就把身边手头的植物作为赋比兴的素材，唱进了"风雅颂"，在《诗经》三百余篇的诗里，保存着上古植物的芬芳、露水和摇曳的身姿。沿着诗的线索，沿着田园的阡陌，一路走来了陶渊明、孟浩然、王维、杨万里……簇拥在他们身边和脚下，摇曳在他们视线里的，都是这些朴素的野花芳草。兴许，他们还曾一次次俯下身子，爱怜地抚摸过它们，有时，就坐在地上，长久地凝视着它们，为它们纯真的容颜、纯真的美而久久沉浸。在这种单纯的沉浸里，他们触摸到了天地的空灵之心，也发现了自己的诗人之心。面对大自然呈现的天真之美，诗人们无以报答，只有用一颗诗心回赠，于是，他们捧出一首首饱含情感之露和灵思之美的诗，献给自然，献给原野，献给这些美好的植物，其实是献给了从大地上一茬茬走过的岁月，献给了一代代人类的心灵。

我看着阡陌上可爱的植物们，内心涌起了很深很浓的感情，对这些野花芳草们充满了由衷的尊敬。它们从远古一路走来，万古千秋，它们小心地保管着怀里的种子，小心地捧着手里的露水；万古千秋，它们没有将内心的秘密丢失，没有将手中的宝石打碎。它们完好地保存了大地的景色，维护着田园的诗意。它们是大自然的忠诚卫士，是田园诗的坚贞传人。即使时间走到现代，文明已经离不开钢筋、塑料、水泥，它们也断然拒绝向非诗的生活方式投降，在僵硬的逻辑之外，依旧坚持着温婉的情思和纯真的古典品质。瞧，此刻，我身旁这些花草，它们手中捧着的，仍是《诗经》里的露水，仍是陶渊明的种子，仍是孟浩然的气息。我就想，我们手里也曾有过不少好东西，但是，一路上被我们有意无意地丢失了、摔碎了多少？植物若是都像我们这样不停地丢失和损毁，这大地，这原野，这田园，会是什么样子？

我长久地望着这些温柔的植物们，想起那些关于地球毁灭、动植物灭绝的不祥预言和灾难电影，想起我们充满忧患和灾变的地球生态环境，内心里产生了深深的忧郁和恐惧，对"灭绝"则是十万八千个不愿意！不说别的，就凭眼前这些温存、美好的植物，这些从上古时代启程，捧着《诗经》的露水，沿着唐诗和宋词的纵横阡陌，一路千辛万苦走来的野花芳草，这个世界就不该灭绝，而应该千秋万世地延续。是的，我们必须将纯真之美坚持下去，将自然之诗捍卫到底。

归去来兮，田园将芜胡不归！我听见，在南山之南，在田园远处，亲爱的陶渊明大哥，正向我招手、吟啸……

故乡的稻草

众人们都在欢呼他的再生,他忽然觉出这熟悉平淡的人世,是这般新鲜、温热、可亲……

一

收割后的稻子,被农人们在拌桶上摔打、脱粒,最后,筋疲力尽的稻草被扎成个儿,一排排站着,像尾随在农人后面的影子,坚持着对土地的守望。小时候,望着田野里静静站立的一队队稻草,觉得它们活像我们小学生出操,天黑了,天下霜了,它们还站在那里,也没人召集它们返回教室;它们又像一支失去方向的迷途的军队,就那样不知所措地默默站着,让自己做了季节的俘虏,我心里竟同情起它们了。

二

没有人研究过在稻草守望的这段短暂的时光里,田野发生了什么事。我曾经与小伙伴在原野上疯跑,或一个人独自溜达,不为什么，只是觉得突然安静下来的田野显得特别神秘，也有几分荒凉，正好呼应了我那颗也神秘荒凉的小孩儿的心，于是我胡乱走着走着就走进了稻草的队伍，就有了漫不经心的小小发现。我看见蹦跳的蚂蚱，这技艺高超的跳远冠军，这模样轻盈可爱的害虫，它们显然在赶赴这最后的午餐；我看见了成群结队的麻雀，它们在稻草里细心翻拣，秋收后的残留，竟给它们提供了宝贵的口粮，这里要比村子慷慨和富有得多；我看见了老鼠，有的还拖儿带女，穿梭在稻草与稻草之间，从一个生产队窜进另一个生产队，它们感到人类多数时候对它们过分了，其实土地从来就无意将它们赶尽杀绝，它们一边狼吞虎咽，一边自言自语：天无绝我之路，地无灭鼠之心；我还看见了不少鸟窝，在稻草柔软的身上，它们不失时机地搭建了临时天堂，它们是多么热爱在大地上度过的时光！我隐约感到农业的宽厚和土地的仁慈，这丢下的颗粒未必是人们有意的施舍，但是农业的本性就是不让任何一个强者把天下的好处独自占尽，你总得无意或有意留下些什么，作为礼物，放在季节的路口。仁慈的土地，它怜悯着众生，它厚爱着万物。

　　写到这里，我闭上眼睛，记忆一下子退回到从前，一队队稻草向我走来，在我四周集结，竟将我温暖地包围起来，我沉浸在稻草的芳香气息里……

三

稻草个儿在田野里待上一段时间后,履行完对土地最后的守望,也被秋日阳光烘干了身子,农人们就将它们收回村庄,在房前屋后、路边地坎,一层层码起来,摞成一座座稻草垛。稻草垛底座宽,身子越往上越"瘦",到了最上面就收束成尖顶,只需用几个稻草个儿重叠起来就封顶了。远远看去,乡村的四周,忽然冒出无数座金字塔。可惜那时候没有旅游业,要不,从外国来的观光客,一眼看见这么多金字塔藏在东方古国的山川大野,肯定会惊讶得尖叫起来。

四

摞稻草垛是一个既有趣,也有一定技术含量的活儿。由若干男女乡亲站在下面往上摞稻草个儿,一个或两个力气大、手巧的壮汉站在稻草垛上一层层往上码砌,越到上面越惊险,乡村喜剧就在此频频上演。有女人往上摞稻草个儿,摞着摞着就摞偏了,垛上的壮汉急忙探出身子伸手去接,脚下重力偏移,那汉子几个趔趄想努力站定,却未稳住,就从倾斜的垛上滚了下来,自然是不会摔伤的,地上柔软的稻草接住了他,伴随着他的狼狈滚落,四周响起一片笑声;也有时,眼看金字塔就要修造好了,却偏偏在封顶时功亏一篑,可能是底座不稳,或者是塔身不牢,也可能是"工程师"们没有掌握好建筑物与地球引力之间的精密关系，重心错位，磁场紊乱，终于酿成小范围的强烈"地震"，只见天倾西北，地陷东南，日月无光，雀鸟惊飞，那高高的金字塔于瞬间倒塌了，修塔人也在半空中突然失踪，他是被强烈震波甩上了太空？还是淹没于滚滚草海了？大家知道不会出大事，但眼睁睁看着一个大活人不见了，也还是有些紧张，于是赶紧在倒塌的"废墟"里搜寻，稻草堆里一阵忙碌的翻检和呼叫，终于找到了被草海掩埋的汉子。他与草打成一片，他已变成草人了，大家看见他都有些惊喜，他看着在草海里打捞他的乡亲，也有些羞涩和感激，仿佛小别人世，到来生去了一趟，又刚刚返回人世。众人都在欢呼他的再生，他忽然觉出这熟悉平淡的人世，是这般新鲜、温热、可亲……

第四辑

山川自在，让人安宁

恍惚间，回转身，
幽谷倏然不见，
我已不辨东西，
不知此夕何夕，
不知此身何处，
只看见满山白云。

佛坪的云

无论世界怎样尘埃飞扬，在生存的高处，灵魂的高处，总有一些纯洁的事物，精灵一样擦拭、召唤和引领着我们。

到了佛坪，我才真正重温了童年的天空，我才真正看见了水洗过的天空，这是蓝宝石的天空，初恋的天空。我就想：女娲刚刚补好的天空就是这么蓝吧？老子、庄子、孔夫子、释迦牟尼就是在这么蓝的天空下俯仰浩叹沉思，而在蒙昧的文明之初就彻悟了澄明的智慧。我常想：人的肉体是大地造的，而人的心灵是天空造的。为什么在混沌的肉体里面，藏着一颗高远清澈的灵魂？这肯定是天空进入了人的生命，灵魂就是安放在生命内部的无限天空。而只有澄澈蔚蓝的天空，能铸造同样澄澈蔚蓝的灵魂。在尘埃滚滚的人世，看一眼这没有被污染的天空，也是一种幸福。灵魂被净化、提升，变得明澈宽广，这样的时刻是具有无限价值的时刻，是人生的经典时刻。在被人的欲望涂抹得面目全非的天空下面，人性和人的灵魂也是面目全非的，即使你是亿万富翁，在污染了的天空下，你又怎能保持起码的、正常的人的呼吸？佛坪以它奇异的山水保护了大熊猫、金丝猴、羚牛等珍贵物种，也保护了一片清洁的天空。在无边的蔚蓝之上，忽然飘来白云，这是真正的白云，随便摘一片都能写唐诗，写宋词，写情书，写佛经。随便一片，都能擦亮我们生锈的情感和蒙尘的灵魂。而佛坪的云并不是供我们写字的，我们的手会写脏最白最白的云。佛坪的云就那么忽然来了，又忽然散了，它是在提示：无论世界怎样尘埃飞扬，在生存的高处，灵魂的高处，总有一些纯洁的事物，精灵一样擦拭、召唤和引领着我们。诗人说：永恒的女性引领我们上升。我在佛坪的高山之巅说：永恒的白云引领我们上升。

聆听风声

风的语言仍那么单纯,依旧是公元前的那一声叹息。

掠过山峦,掠过大野,掠过草丛,掠过人群,掠过乡村,掠过市镇——到达我时,风已携带了足够多的记忆。

但是,风的语言仍那么单纯,依旧是公元前的那一声叹息。

追着风的行踪,我也奔跑着,吼着,沉吟着,我体会着风和风的心情。

从岩石上吹过,风试图进入它坚硬的内心,粗粝的笔匆匆划过,就多少修改了它的手纹,严密的时间从此出现了隐约缝隙。

从水面上经过,一些受惊的鱼突然改变了命运的方向,一些胆大的螃蟹继续在起皱的浅水里横行,一座临时搭起的桥摇晃起来,走了一半的那个老人退回岸上,他坐下来,静静地听着往返的风声。

从古庙里走过,摇动寂坐僧人的衣裳,他抬起眼睛,看见竹子在动,花在动,头顶的白云在动,于是,他正了正身子,在运动的宇宙里,他将继续坐下去,坐成一个静止的中心。

这时，风遇见一个少女，风把她的头发撩了一下，又撩了一下，正好覆盖了她光滑的前额；风在她展开的书上逗留了一秒钟，把书页翻乱了，谁知道风同时把多少书页翻乱了？把多少青春、多少目光、多少心事翻乱了？

风经过草丛，就带出些草香；风经过花园，就带出些花香；风经过森林，就带出些树木的清香；风经过坟墓，就带出些阴湿的气息，正好被附近大面积的麦地过滤了，于是，风带出了很浓的麦香。

接着，风路过一片荒野，在一头受伤的牛身上停留片刻，对伤口的轻柔抚摸，使这垂死的木讷生命，感受了仅有的一点儿体贴；然后，风路过屠宰场，那举起的刀犹豫了，于是死亡放慢了速度。

风穿过一个咸水湖，风的嘴里有些苦涩；风又穿过两个淡水湖，抵消之后，风就没味道了，恬淡，这才是风的味道。

风又经过了若干城市，抚摸了上百万只路灯，问候了若干劳动者、赶路人、学生、母亲、老人、流浪者和抑郁症患者，对那怕冷的、急忙裹紧风衣的富翁做了轻微嘲弄。对数万个乡村、数百个墓园、数十个监狱……表达了关怀、怜悯、祈祷、劝说和慰问；风又摇曳了一百万朵花、一百万株草、一百万株树、一百万只蜜蜂、一百万只蝴蝶，至少十万只鸟、十万束以上姑娘和母亲们的头发，以及十万本以上刚刚打开飘着墨香的中小学课本（这怕是如今仅有的被认真阅读的书了)……

　　风到达我的时候,我也经历了这一切。

　　风声,正在我心底沉积……

田园记忆

你听见过豆荚炸裂的声音吗？我多次听过，那是世上最饱满、最幸福、最美好的炸裂。

"稻花香里说丰年，听取蛙声一片。"你们只听见辛弃疾先生在宋朝这样说，我可是踏着蛙歌一路走过来的。我童年的摇篮，少说也被几百万只青蛙摇动过，我妈说，一到夏天，我和你外婆就不摇你了，远远近近的青蛙们都卖力地晃悠你，它们的摇篮歌，比我和你外婆唱的还好听哩。听着，听着，你咧起嘴傻笑着，就睡着了。

小时候，刚学会走路，在泥土的田埂上摔了多少跤？我趴在地上，哭着，等大人来扶，却看见一些虫儿排着队赶来参观我，还有的趁热研究我掉在地上的眼泪的化学成分。我"扑哧"一笑，被它们逗乐了。我有那么好玩，值得它们研究吗？于是我静静地趴在地上，也开始研究它们。当我爬起来，我已经有了我最原始的昆虫学。原来，摔跤是我和土地举行的见面礼，那意思是说，你必须恭敬地贴紧地面，才能接受土地最好的生命启蒙。

现在，在钢筋水泥浇铸的日子里，你摔一跤试试，你跌得再惨，你把身子趴得再低，也绝然看不见任何可爱的生灵，唯一的收获是疼和骨折。

稻田与荷田，只隔着一条田埂，它们是一对上千年的老邻居，是芳邻。稻与荷，各自站在各自的水里，猜测着对方的冷暖和心事。它们也暗中喜欢着对方，经常互相交换些小礼物：这边把多出的荷香捧过去，那边就把宽裕的月光沿沟渠送过来。喜欢串门的青蛙也善意地丈量一下双方的水深水浅，背诵一些古老的谚语。秋收后，就有细心的婶子说：这两块田里长的东西就是不一样嘛，稻米里有一股荷的香，莲藕里藏着米的香。

菜地里的葱一行一行的，排列得很整齐、很好看。到了夜晚，它们就把月光排列成一行一行；到了早晨，它们就把露珠排列成一行一行；到了冬天，它们就把雪排列成一行一行。被那些爱写田园诗的秀才们看见了，就学着葱的做法，把文字排列成一行一行。后来，我那种地的父亲看见书上一行一行的字，问我：这写的是什么？为啥不连在一起写呢？多浪费纸啊？我说：这是诗，诗就是一行一行的。我父亲说：原来，你们在纸上学我种葱哩，一行一行的。

你听见过豆荚炸裂的声音吗？我多次听过，那是世上最饱满、最幸福、最美好的炸裂。所以，我从来不放什么鞭炮和烟花，那真有点儿虚张声势，一串疑似世界大战即将发生的剧烈爆响之后，除了丢下一地碎纸屑和垃圾等待打扫，别无他物，更无丝毫诗意。那么，我该怎样庆祝我觉得值得庆祝一下的时刻呢？

我的秘密方法是：来到一个向阳的山坡，安静地面对一片为着灵魂的丰盈和喜悦而缄默着天真嘴唇的大豆啦、绿豆啦、小豆啦、豌豆啦、红豆啦，听它们那被阳光的一句笑话逗得突然炸响的"噼噼啪啪"的笑声，那狂喜的、幸福的炸裂！美好的灵感，炸得满地都是。诗，还用得着你去苦思冥想吗？面朝土地，谦恭地低下头来，拾进篮子里的，全是好诗。

我至今没去过埃及，但是，我并不觉得有多么遗憾。这辈子去不了埃及，也没什么关系，到埃及，不就是看看金字塔吗？这辈子，我看的金字塔还少吗？在我的故乡，乡亲们年年秋天都要修建大批金字塔，那高高的、金黄的稻草垛，从李家营一直排列到胡家营、黄家营、郭家湾、杨家坪、孙家湾、阜川……绵延数十里，望不到尽头的，全是金黄色的金字塔。与供奉法老木乃伊的金字塔不同，乡村的金字塔，有时它用温暖的、散发着稻草芳香的洞窟藏匿几对秘密相会的多情男女——它掩护和供奉了乡村羞怯的爱神；有时它则成了童年的乐园，一伙没有听过安徒生童话、只会捉迷藏的野孩子，却在这里藏起了自己一生都在回想的童话，乡村的金字塔，几千年来，都供奉着孩子们的欢喜佛和快乐神。我的那尊快乐神，至今还在故乡的某座金字塔里秘密供奉着……

我家的葫芦藤，扛着几个葫芦越过院墙，挂在谢婶家窗前；谢婶家的丝瓜藤，揣着几个丝瓜翻过院墙，挂在我家后门前。在乡下，植物也喜欢串门聊家常，还忘不了随身带点儿好吃的，请芳邻尝尝鲜。

屋梁上那对燕子，是我的第一任数学老师、音乐老师和常识课老师。我忘不了它们。我至今怀念它们。它们一遍遍教我识数：1234567；它们一遍遍教我识谱：1234567；它们一遍遍告诉我，一星期是七天：1234567。

二里河

它们被时间之手揉搓成谦卑的沙砾,此时温顺地伏在我的脚底,托举我的竟是亿万年前的高山啊!

　　河叫二里河,离城,显然不止二里;离山也不是二里,它就在山里嘛;离河更不是二里,就在脚前,裤腿已被河水打湿;那么,为何叫二里,当时没问,至今依然不知。看来,茫茫天地间,我们最大的知识不过是知道了自己的无知,我知识和学问的总长度,加在一起,远远不到二里,顶多只有几厘米吧。

　　古镇印象不深,古意不多。古风古韵,必得有古老的载体才能显现。古树、古桥、古屋,一时没有找见,心里有点儿遗憾。好在山是古的,是盘古开天时造的;水也是古的,是从大禹的脚底漫过来的;太阳也是古的,星星也都是古的,除了几粒时隐时现的人造卫星,满天星斗都是孔夫子见过的。这样一想,就明白了:不论哪里,不论高山厚地,不论巨石沙砾,其实都是古时遗址。

　　河不大,却很美,妩媚而婉约,像古人留下的一首山水小令,含不尽之意,见于言外。杨柳垂岸,鸟雀剪波,转弯处是河流最有风情之处，水波溅溅，似有无限心事倾诉。

　　河边绵延着数百米沙滩，沙细白柔软，套用黄金海岸之说，我称之为白沙河岸。那么白、细、柔，踩之不忍，不踩又不甘。于是踩上去，赤脚行走，便有无数调皮手指摩挲脚心，凉意和微痒直达丹田和头顶，整个身心被来自地底的磁力打通，顿觉怡然和超然。

　　皮鞋里渗进了细沙，不想舍弃，就连鞋带沙穿回了家，还是不忍丢了这么好的沙。它们在亿万年前，是一座座高山大岳，后来，沧海变成桑田，高陵化为深谷，它们被时间之手揉搓成谦卑的沙砾，此时温顺地伏在我的脚底，托举我的竟是亿万年前的高山啊！这么想想，人也就得道了，就不张狂了，也就谦卑了，想想，几十年后你是什么，几百年后你是什么，几千年、几万年后呢？你不敢想下去了，即使你成了世界首富，当了国王总统，当了地球"球长"，最终你连一粒沙也不是。

　　最后，我把鞋里的细沙掺进养着兰花的花盆里，命名为：二里兰。

我把幽谷还给幽谷

幽谷是时光的隐士,隐逸在人世之外。

鸟路过,说几句闲话,飞了。

风路过,摇几下草木,走了。

云路过,投几封天书,散了。

时光的影子移动着。但幽谷没有时光,幽谷在历史之外,在时代之外,在人迹之外。幽谷是时光的隐士,隐逸在人世之外。

岩石肃穆,涧水凛冽;花草尚未被命名,正好安于无名的自在;虫儿尚未被归类,正好在昆虫学之外逍遥;野蘑菇穿上一生里只穿一次的好看衣裳,野美一阵,就很快藏了起来,怕被谁没收了这份野性。

厚厚的苔藓,幽蓝的坐垫,但并不期待谁来落座,苔藓自己坐着自己,顺便接待了永恒,这一坐,便是万古千秋。

幽草的睫毛,掩映着泉眼,那眸子,大约只见过大禹的背影,就再没有见过别的背影。偶尔有画眉、云雀来泉边会面,眸子们就互相对望着,天真凝视着天真,天真与天真相遇了,它们同时看见了宇宙的天真。

那天，我从滚滚红尘里出走，越荒原，披荆棘，攀巉岩，过险崖，沿一窄逼峡沟深入，经九曲八折，穿五洞十滩，终于摆脱了手机捆绑，远离了商业追捕，逃出了资讯轰炸。终于，我脚蹬女娲留下的岩石，手攀盘古种植的老藤，我扶着一片白云，降落下来，嗬，眼前一亮，我来到一个神秘谷地。

大约是第一次，被一个携带着时光尘埃的人闯入，幽谷有些惊慌，我的足音，我喘息的声音，我吃干粮的声音，我喝水的声音，我打嗝的声音，我"叽里呱啦"地自言自语的声音，我少见多怪地大呼小叫的声音，我自以为是地胡乱点评的声音，我敲击石头的声音，都被放大，四周的山发出令我感到古怪的回声——那声音是我制造的，幽谷又原封不动地还给我。

看来，幽谷喜幽，它讨厌多余的声音。

看来，幽谷喜净，它害怕被红尘发现，被俗眼锁定。

看来，幽谷有洁癖，它恐惧被出租、被买卖、被践踏，惨遭蹂躏。

作为闯入者，我不该久待在这里，我不该打扰甚至终结它亘古以来的幽静，如果因了我的闯入和泄密，将一个时代过剩的欲望洪流引向这里，我不仅毁了幽谷的贞操，也毁了这个世界仅存的一点儿纯真。

静静地，我呼吸着它保存的公元前的清气，领略着它的幽旷气象和天真之美，心魂，变得悠远、澄澈，又无比温柔。

轻轻地，我走了，不带走一片云彩。

我走时，白云正在漫过来，漫过来，似乎要擦拭我留下的痕迹。

恍惚间，回转身，幽谷倏然不见，我已不辨东西，不知此夕何夕，不知此身何处，只看见满山白云。

我把幽谷还给幽谷。

我的初恋在天上

在旷野月光里，我静静地睡去，我和月光同床共眠。

我自小迷恋皎洁的月亮，几十年过去了，我至今依然迷恋月亮。

若有人问我，你的初恋是谁？

我会脱口而出：我的初恋是月亮。

在我很小的时候，第一次看见月亮，我就被她的纯洁、柔和、神秘所震惊。

现在，每当我看见月亮和月光，依然还是小时候那种惊艳、惊奇、惊喜的感觉。

什么叫一见钟情？我对月亮就是一见钟情。

什么叫一生钟情？我对月亮就是一生钟情。

我的所爱在天上，就是那超凡脱俗的月亮。

我的所爱也在地上，就是这冰清玉洁、伸手可触的月光。

我的所爱就是这么可爱，就是这么善解人意，她知道我爱她，却不能到天上去接她，她就披着素洁的轻纱走下来，在我能够到达的一切地方，她都提前到达，举着柔和明亮的灯盏等着我,与我相会、倾诉。

她带着纯银的嫁妆来了,她举着新婚的烛光来了,她把大地布置成了圣洁的洞房,只有干净的人儿才能与她同床共眠,才能与她肌肤相亲。

她带着天上的初雪来了,她走过的地方,白雪倾洒,山岳如玉,旷野莹洁,河流如白丝绸款款轻扬。

她看起来高冷,其实却十分温润,她那母性的怀抱里,揣着无穷无尽白玉的光芒,她一次次洗净被我们弄脏了的大地,她一夜夜刷新被我们住旧了的房子,她一遍遍清洁被我们染上尘垢的心灵。

她总是以公元前那个年轻女神的形象,突然从天上走下来,突然出现在我面前,带给我意外的惊喜:啊,我的初恋,她还是这么年轻,还是这么深情,还是这么纯洁。

世上的花儿会凋落,世上的美人会老去,世上最慈祥的母亲,也会离我们远去。

我爱她们,但她们会衰朽,会消失,对她们的爱会变成悲伤和叹息。

所幸,除了人间之爱,我还有天上之爱,我的初恋在天上。

我的初恋,是天上皎洁的月亮,是地上温润的月光。

我那天上的初恋永不会老去,永远是我一见钟情的月亮,永远是我青梅竹马的女王。

所以我一再告诫自己:记住,你的初恋在天上,她那么皎洁和纯真,你必须保持一颗水晶一样纯洁的心,才配得上你那天上的初恋。

已经过去多年,我正在老去,我的衣服上有灰尘,身体上也有灰尘,但是,我的那颗心是干净的,我时时勤拂拭,勿使染尘埃,我小心翼翼地做着心灵的保洁员。

因此,我的心里就有了一点儿小自信:我的心是干净的,我配得上天上的初恋,配得上我那青梅竹马的女王,配得上我那冰清玉洁的月光。

多少年,我都保持着一个独属于我自己的秘密仪式:一年四季,总有那么几个夜晚,我都要独自去到旷野或到深山,在月光里静静躺下,静静睡一个或半个晚上。

静静地,我和月光睡在一起,静静地,我望着天上的月亮,我望着身上的月光,此夜此时,宇宙空旷清澈,大地干净宁静,我恍如走进了盘古年代就为我们准备的清凉洞房,宇宙里就只有我和月亮——我那青梅竹马的初恋,我那一生钟情的月亮。

静静地,我和月光交换着内心的水晶,我和月亮交换着记忆的白雪。

静静地,月亮缓步走下来,湿润的夜空和大地,就是她无边的情怀,她怀抱着小小的我,她轻轻拂去我身上的尘埃、伤痕和疲倦,她把她珍藏在天上的情感乳汁注入我饥渴的灵魂。

我向天空举起手,我一生钟情的月亮——我那青梅竹马的初恋,我那天上的恋人,就再一次把初恋的戒指,戴在我曾经饱受岁月摧残的辛苦寂寞的手指上。

在旷野月光里，我静静地睡去，我和月光同床共眠。

今夜，我单纯如赤子，我皎洁如月光，只有和月光一样干净的人，才配和月光同眠。

今夜，我在月光里睡眠，今夜，我睡在天上。

今夜，我的身上和心上，全是皎洁的月光，全是初恋的月光。

月亮，是我永不会老去的天上的初恋和新娘……

无名山水记

溪水清澄见底,如少年纯洁的心,如初恋的情感。

石瓮子记

石瓮子乃秦岭深处一水潭,状如瓮,壁围皆石,故名石瓮。溪流自陡壁冲注低处巨岩,千年万载,凿成此瓮。瓮中水浪如煮,水花如雪,不知其深几许。溢水自瓮沿漫出,哗哗如长啸,淙淙如低吟。水珠溅出数十米,四周山石湿润,苔藓如染,水草繁茂鲜美,野百合如擎着银质小号的乐手,在吹奏一支失传的曲子。小鸟不时飞来,临水照镜,却找不见自己的影子,于是跳几个无人欣赏的舞蹈,抖抖翅飞走了。

古银杏树记

青泥岭下有青泥河,青泥河畔有一座古庙。庙毁了,修起一所小学。唯有两株苍老银杏树,唤起人心中的怀旧感和沧桑感。据说是唐代大诗人李白亲手所植,又据说李白并未到过这里,《蜀道难》中"青泥何盘盘"句,只是诗人的想象。孰真孰假,人神不知。但当地人都相信这两株伟岸的树就是李白亲手所植,并说,只有诗人栽的树才活得这么久,也只有诗人写的文字才流传得这么久。这树就是诗人的化身,看见树就如同看见了李白;又朴素又高傲,又向往天空又挚爱大地。到了秋天,金黄的叶子随风旋舞,就像从天国降下的黄金雨,就像醉酒的诗人倾泻着他天才的灵感。一千多年了,它就这样抛撒着无尽的才情。过路人拾起银杏树叶,就说,这都是李白的诗啊!学生们用它作书签,学业优异,且都能写得情思灵动的好文章,莫非得了李白的灵气?

老人们说:这宝贝树可不能没了,这树没了,我们这儿就没了魂儿。

无名溪记

大河小河都有名字,即使干涸了,仍然守着一个水汪汪的虚名。比如,"永定河""拒马河"之类,水早已无涓滴,却仍在地图上冒充河流,可惜也只能浇灌那永不发育的地图了。

世上的溪都是无名的。就那样在谁也不注意的地方静静地流着,干净地流着,滋养着无名的花、无名的草、无名的树、无名的蜂蝶、无名的鱼、无名的石头。有云飘过,就漂洗那无名的衣衫;有鸟来栖,就伴奏那无名的歌唱;有星落下,就收留那无名的漂泊者，揽在清澈的怀里。

溪水清澄见底，如少年纯洁的心，如初恋的情感。溪中的鱼儿，也特别羞怯，看见一只蜻蜓来饮水，便急忙停下来，像一枚傻乎乎的石头，只是那小眼睛仍透出两线怯怯的微光，它看见的却是水面上蜻蜓那更小的眼睛，两双小眼睛相望，望见了宇宙的天真。

滴水洞记

小时候随大人上山采青，时值盛夏，阳光如炽炭，足底岩石滚烫似要炸裂，嚼几口干粮，却无法下咽，口里仿佛在冒火。撂了镰刀，四处找水。忽见半山腰有一岩洞，隐隐有"滴答"声。跑进去，果然，洞顶岩缝有渗水。薄薄的，宛如微汗，慢慢地聚呀聚呀，聚成圆圆的一点，才"滴答"下来。我仰起头，张大嘴，对准那滴水的地方。极清冽的水，一滴滴落在口里，身上、心上渐渐有了凉意。头仰着等水，心里竟生出想象：这岩石多像缺奶的母亲，她负着重，忍着外伤和内伤的疼痛，在她极端贫血的时候，仍在搜集着，分泌着体内仅有的水分。

我一直想去看看滴水洞，她在贫瘠的母竹崖上。有时候，我们可以忘记大海，但无法忘记一个滴水的岩缝，它在匮乏的时候，仍给予我们透明的、不计回报的爱。

漾河记

漾河，挺诗意的名字。水多则漾，漾而成纹，纹者，文也。文与水总是分不开的。自古水边多丽人，也多文人。宇宙间最奇妙的东西莫过于水了。水激而成湍，流而成川，泻而为瀑，汇而成海，飘而为雪，幻而为雾，注而为雨，这都是水的运行。风停水静，水就为天空造像，为山的倒影、云的倒影、鸟的倒影造像，水中就呈现一个亦真亦幻的梦幻世界。或淙淙，或潺潺，或滔滔，都是天成的诗和音乐。水边长大的人，抑或沦落荒原、迁移都市，依然心中浩浩，水之纹化为心之纹，成就了人间的美文。

漾河两岸多娟秀之岭，少险伟之峰，妩媚有余而阔大不足。水之纹如村姑之刺绣，针针透着灵气，却只能隐现在窄窄的河面；水之声如二胡、如箫笛，多了些伤感幽怨，少了一种大的寄托和气韵。

漾河是一曲优美小令。许多河干涸了，沙哑了，它仍然清澈地唱着，温柔地倾诉着。它小，但它很美，我们要好好护着它。

雪界

唯一不需要写诗的日子,是下雪的日子。空中飘着的,地上铺展的全是纯粹的诗。

一夜大雪重新创造了天地万物。世界变成了一座洁白的宫殿。乌鸦是白色的,狗是白色的,乌黑的煤也变成白色的。坟墓也变成白色的,那隆起的一堆不再让人感到苍凉,倒是显得美丽而别具深意,那宁静的弧线,那微微仰起的姿势,让人感到土地有一种随时站起来的欲望,不断降临和加厚的积雪,使它远远看上去像一只盘卧的鸟,正在梳理和壮大自己白色的翅膀,随时会向某个神秘的方向飞去。

雪落在地上,落在石头上,落在树枝上,落在屋顶上,雪落在一切期待着的地方。雪在照料干燥的大地和我们干燥的生活。雪落遍了我们的视野。最后,雪落在雪上,雪仍在落,雪被它自己的白感动着、陶醉着,雪落在自己的怀里,雪躺在自己的怀里睡着了。

走在雪里,我们不再说话,雪纷扬着天上的语言,传述着远古的语言。天上的雪也是地上的雪,天上地上已经没有了界限,我们是地上的人，也是天上的神。唐朝的雪至今没有化，也永远都不会化，最厚的积雪在诗歌里保存着。落在手心里的雪化了，这使我想起了那世世代代流逝的爱情。真想到云端去看一看，这六角形的花是怎样被严寒催开的？它绽开的那一瞬是怎样的神态？它坠落的过程是垂直的，还是倾斜的？从那么陡、那么高的天空走下来，它晕眩吗？它恐惧吗？由水变成雾，由雾开成花，这死去活来的过程，这感人的奇迹！柔弱而伟大的精灵，走过漫漫天路，又来到滚滚红尘。落在我睫毛上的这一片和另一片，以及许多片，你们的前生是我的泪水吗？你们找到了我的眼睛，你们想回到我的眼睛。你们化了，变成了我的泪水，仍是我的泪水。除了诞生，没有什么曾经死去。精卫的海仍在为我们酿造盐，杯子里仍是李白的酒、李白的月亮。河流一如既往地推动着古老的石头，在任何一块石头上都能找到和我们一样的手纹，去年或很早以前，收藏了你身影的那泓井水，又收藏了我的身影。抬起头来，每一片雪都在向我空投你的消息，你在远方旷野上塑造的那个无名无姓的雪人，正是来世的我……我不敢望雪了，我望见的都是无家可归的纯洁灵魂。我闭起眼睛，坐在雪上，静静地听雪，静静地听我自己，雪围着我飘落，雪抬着我上升，我变成雪了，除了雪，再没有别的什么，宇宙变成了一片白雪……

唯一不需要上帝的日子，是下雪的日子。天地是一座白色的教堂，白色供奉着白色，白色礼赞着白色。可以不需要拯救者，白色解放了所有沉沦的颜色；也不需要启示者，白色已启示和解答了一切，白色的语言叙述着心灵最庄严的感动。最高的山顶一律举着明亮的蜡烛，我隐隐看到山顶的远方还有更高的山顶，更高的山顶上仍是雪，仍是我们攀缘不尽的伟大雪峰。没有上帝的日子，我看到了更多上帝的迹象。精神的眼睛看见的所有远方，都是神性的远方，它等待我们抵达，当我们抵达，才真正发现我们自己，于是我们再一次出发。

唯一不需要爱情的日子，是下雪的日子。有这么多白色的"纱巾"在向你飘，你不知道该珍藏哪一条凌空而来的祝福。那么空灵的手势，那么柔软的语言，那么纯真的承诺。不顾天高路远飞来的爱，这使我想起古往今来那些水做的女儿们，全都是为了爱，从冥冥中走来，又往冥冥中归去。她们来了，把低矮的茅屋改造成朴素的天堂，冷风飕飕的峡谷被柔情填满，变成宁静的走廊。她们走了，她们运行在海上，在波浪里叫着我们的名字和村庄的名字；她们漫游在云中，在高高的天空照看着我们的生活，她们是我们的大气层，雨水和雪。

唯一不需要写诗的日子，是下雪的日子。空中飘着的、地上铺展的全是纯粹的诗。树木的笔寂然举着，它想写诗，却被诗感动得不知诗为何物。于是静静站在雪里，站在诗里，好像在说：笔是多余的，在宇宙的纯诗面前，没有诗人，只有读诗的人；也没有读诗的人，只有诗；其实也没有诗，只有雪，只有无边无际的宁静、无边无际的纯真……

在虹的里面

大美不言啊,这无言的大美,是从天地间提取,又映照于天地,令天地感动。

下了一阵毛毛雨,那些云就不知去向,太阳又在西边眉开眼笑了。天蓝得已不像是天,只因为更像天了,女娲补好不久的天,一定就是这么蓝吧。山色已失去了层次,一律的葱翠,浓浓的,像在涌动,像在商量着要把这么好的山色一直坚持下去,把五月坚持到十月,最好坚持到来年的五月。东边的山与西边的山交换着眼神,南面的山与北面的山交换着眼神,树与树交换着眼神,草与草交换着眼神,我站在这密集的眼神中间,我的身体和灵魂里落满了这绿的眼神,这芬芳透明的眼神。我整个儿也变绿了,变得芬芳透明了。

我索性就仰躺在山梁上,躺在草上,躺在露水珠珠上,闭着眼睛,我感受着被山色融化的幸福。忽然觉得有了轻微、神秘的动静,觉得自己的身体在上升,灵魂在上升,周围的露珠和水汽在低声地,然而是快乐地说着我听不懂的话。一定有什么事情要发生了。是什么事情呢?我睁开眼睛,我要验证这美妙的预感。天哪,你知道我看见了什么?一道虹,已经在我的附近修造好了,在翠绿的山色和湛蓝的天色之上,升起了这么迷人的七色长虹,通向天堂的桥就这么悄悄地竣工了。大美不言啊,这无言的大美,是从天地间提取,又映照于天地,令天地感动。这也是得之不易的美啊,想一想,一年有几次虹?一生中有几次虹?风雨的日子很多,风雨之后得见彩虹的时刻极少。再想一想,这世界人造的铁桥、石桥无以计数,而虹桥有几座呢?这是神造的桥啊。我们总是望天,望上帝的天空,望人生的天空,望什么呢?星辰的位置亘古不变,宿命亘古不变,但是我们仍然望天,我们是希望人生的天空出现奇迹,在必然的命运里出现偶然的奇迹,在冰冷的脸上出现动人的微笑。我们是在等待虹的出现啊!在难免黯淡的岁月里有一个妩媚的、生动的时刻。这必是一个可遇不可求的时刻,其神秘不亚于宇宙初创、生命初现。风雨、斜阳、水露、云雾、天光、山色、地气、阴阳相合、晴雨交叠、天地互动,才提炼出这缤纷的时刻。人生中那些生动的时刻,被爱与信仰提炼、照亮的时刻,不正如这虹的出现一样,是生命里晴雨交叠而提炼的精华部分。

还是专注地看虹吧。虹就在我的附近,我的呼吸、我身上的水珠和周围的水珠肯定都变成虹的一部分了。我的心跳也或多或少影响着虹的造型。我的目光肯定也被虹吸收了,变成虹的一部分。甚至我的心情也感染着虹,我激动无比的时候,我发现虹也在隐隐颤动。

忽然我感到四周的草叶在轻轻摇晃，黄昏的第一批露珠提前出现，一些微响自空而降，光的碎屑落满我的身体，晶莹的水滴落在我的手指和脸上，落在我的心上。一种忧伤从骨髓里升起，离别的伤痛弥漫了我。我知道已到了告别的时刻。其实已经告别。天，空空荡荡，一个伟大的梦想显现了，又消失了。一次动人的爱情降临了，又结束了。一个美丽的灵感占有了我，又放弃了我。虹，消失了，悄悄地，犹如它悄悄地出现。此刻，梦醒之后的天空，有点儿空虚，有点儿茫然，它无法把握自己，它虽然暂时把握过梦境，但它无法把握梦醒后的自己，它只能把它无限的有些空洞的辽阔，交给星群和夜晚。

我站起来，在虹消失的地方，我代替虹开始回忆。我整个儿是潮湿的，身体里充盈着缤纷的光色。虹离开我走了，我曾是虹的一部分，虹把我留了下来。就这样，我收藏了虹，在我的内心。

你也许不知道，虹的一个桥墩，就搭在我的身上，也就是说，我当时曾是虹的一部分，是天堂的一部分。你在远处看虹的时候，我在南山上，在虹的里面。在那超现实的幻美意象里，我是最写实的细节。

星空

宇宙是一个伟大的气场,它在深呼吸,它永远在深呼吸,浩然之气充塞虚无,弥漫亘古。

在旷野,在寂寞的山地,多是在没有月亮的夜晚,我经常独自一人长久地仰望星空,我被那无限的神秘、苍茫和辽远深深震撼着,思绪被引领到无思、无言之境,只剩下对无涯时空的敬畏,灵魂澄澈而浩瀚,似乎包容宇宙又被宇宙包容,我化入万物和星空。这时候,我常常泪流满面。

银河,那世世代代流过众生头顶的大河,那启动哲人灵思、灌注诗人情怀的神秘大河,竟是由若干亿颗恒星汇成的光的大河。空间的波浪,时间的旋涡,物质的泡沫,奔涌不息,生灭不止,演绎着无比丰富深奥的神学或哲学命题。小小地球,是这长河的一滴水或一滴泪?小小人间,是这天书的一个惊险或传奇的细节?银河绕着银核自转,同时又绕着更大的星系旋转,每一秒钟都在改变着它在宇宙中的方位,也就是说,银河在宇宙的莽原上不停地奔流,在奔流中开辟自己的河床。如果宇宙中有一双纵览八荒的神眼,它会发现整个宇宙都在奔腾着,一条奔腾着的巨大长河。作为一滴水，地球也随着它的母亲河——银河，奔腾着，星群追赶着星群，雪浪簇拥着雪浪。一个奔腾着的宇宙景象，该是何等宏伟悲壮。而我的同类或异类的芸芸众生，这些寄存在一滴水上的奇妙生物，真是既抽象又具象，既卑微又伟大啊——我们和地球这滴水、和宇宙这条大河一起奔流着、奔流着。我们存在着，或许只是一个微乎其微的细节，除了我们自己在乎自己，宇宙根本不知道我们的存在。我们却以自己小小的形式，浓缩着宇宙的命运和奥秘。我们，在奔流中呈现了自己，也揭示着宇宙。

古代哲人说"宇宙便是吾心，吾心即是宇宙""天地与我并生，而万物与我为一"。大哉斯言！从有宇宙的那一刻就有我了，大爆炸的那个瞬间就确定了我血的颜色，构成我身心的每一粒元素都曾经和宇宙万物一起生灭轮回，经历了亿兆年的沧桑，这些元素终于结晶成小小的我，我，实在是浓缩了宇宙奥秘的晶体，一座供奉时间神灵的小小庙宇。生命的化育看似容易，实则是难中之难的事情，区区几十年，却必须以几百亿年的宇宙演化史作为背景和条件。那么也可以说，造就任何一个生命——无论麻雀、蜻蜓或狗，都是亿万年才能完成的大工程。明白了"天地与我并生，而万物与我为一"，就在更高的哲学和宇宙学的意义上理解了生，也彻悟了死，达到"生不忧、死不惧"的通达境界：我生，我来了，携着亘古的奥秘，我向宇宙的大方呈现我自己；我死，我走了，我回归我的起源，以简单的元素形态，汇入时间的洪流，继续参与宇宙的演化，在另一个时间的另一片空间，我仍会有重新出场的时刻。"俯仰终宇宙，不乐复何如？"陶渊明先生如是说。我有点儿明白庄子的境界了，他妻子死了，他鼓盆而歌，这不是庄子寡情，这恰是哲人对生死彻悟之后的静穆与通脱：生是节日，死也是节日；生，以鲜花欢迎，死，以鼓声欢送。离开了人间，他并没有离开宇宙，聚则为形，散则为气，他去了，化作空气、水、泥土，他会在我们不知晓的时空里，重新获得他的命运。

天文学家说：万物都是以光速呈现的，宇宙就是一个巨大的光速现象。我们眼中的宇宙万象，是无尽的光的序列，也是无尽的时间序列。星夜极目眺望，你看见的星光星河，都是穿越多少光年而来？一千光年？十万光年？一百亿光年？它们来自远方，来自宇宙深处，"有朋自远方来，不亦乐乎？"一瞬间，你与无数客人相遇，这么多光簇拥着你，抚摸着你，雕塑着你，你是静立于光之海洋的婴孩。全宇宙的光都归你享用，全宇宙的时间都汇聚于你——你是多么奇妙的宇宙片段。而你不也是一束光吗？你也以光速向宇宙呈现你的影像，当你到达宇宙深处的一双巨眼，需要多少光年？一千光年？十万光年？一百亿光年？当那双巨眼看见你的时候，你或许早已是远古的传说了——你早已走了，到宇宙的另一间房子里去了。我们是在和宇宙万物捉迷藏，我们出现，我们隐藏。死是什么？不就是藏起来吗？过一会儿，我们又出现在星光、月光里，或许我变成一只鸟，一棵树，一朵花；或许我变成一缕电波，在广袤宇宙旅行，叩问彼岸世界无穷的门，结识我无处不在的知音。

"无限空间的永恒沉默使我恐惧！"法国哲人帕斯卡尔如此感叹。如此浩大的宇宙，却是一个不说话的哑巴，细想来，这是一件多么可怕的事情。大象无形，大音无声，或许，宇宙就是一声旷古浩叹？那么今夜，我就安静下来吧，静听无声中的大声，静听宇宙古庙里群星敲响的钟声。静到极处，我就会听见，宇宙就是一个声音的海洋，我也是它的一个小小音节。融入它，消失于它声音的洪流里，这时候，我听见，宇宙是一个伟大的气场，它在深呼吸，它永远在深呼吸，浩然之气充塞虚无，弥漫亘古。而我活着的最高境界，乃是感应这精微而浩大的存在，呼吸它，赞美它，直到融入它。

伟大的智者爱因斯坦说，个人的生活给他的感觉好像监狱一样，他要把宇宙作为单一的有意义的整体来体验。由此，这位智者对一切以人格化的神灵作为信仰对象的宗教均持怀疑态度，而他认为唯一可以信仰的宗教是"宇宙宗教"。在他看来，宇宙就是一位奥秘无穷的大神，它那宏伟的结构，浑然的秩序，无限的涵纳，就是超越任何心智的智慧大典，是元素的交响乐，是时间的史诗。面对它，人类的一切狂妄、欺诈、贪婪、猥琐，都显得何等可笑；面对它，任何一个有正常心智的人，都会得到净化、提升，心灵变得宏阔、高远、澄明起来。宇宙是一个伟大的教堂，生命就是宇宙的信徒，而所有的语言都是献给宇宙的祈祷文和赞美诗。最新的天文学观点（已得到天文观测的证实）认为，宇宙始于数百亿年前的一次大爆炸，从那一刻有了时间、空间，有了元素和生命的最初信号。如今宇宙仍在延伸着，它"隆隆"的爆炸声仍彻响在遥远的边疆，在虚无中，它仍在拓展疆土，这伟大的史诗，仍是一部未完成的草稿。

我确信，人类的完善和真正的解放，取决于人类对于自己所置身其中的宇宙以及自身历史和命运的深刻理解，并由此获得并非源于迷信，而是得自觉悟的"宇宙宗教感"，心智由此变得通达、澄明、仁慈和谦卑，对万物和自身有一种发自肺腑的敬畏感、亲和感。"与天地参，与天地合，与天地化"，在开放的时空视野和宇宙意识的笼罩下，俯仰万物，反观自身，我们就会获得更多的爱和自由。当许多古老的宗教教义和偶像已经被弃置，人类持续数千年的精神法则和内心生活已被技术主义、消费主义所瓦解，人类莫非只剩下一种"宗教"："金钱拜物教"？蔑视信仰就是否定心灵，否定了心灵，人类还剩下什么？最终会否定生存的意义。我相信爱因斯坦的"宇宙宗教"将会成为人类新的精神资源。我们不可能在精神的荒原上建立起人的天堂，人是宇宙中的人，人应该找到通向宇宙的内在通道。只有内宇宙和外宇宙和谐融合，人才能拥有一个完整的意义宇宙。

也许，一边劳动，一边在星空下歌唱，就是一种诗意栖居，就是人的生活，也是充满神性的生活。

静夜思

在没有生命的天空，它们固执地点燃自己。

我必须等待尘虑尽消、心灵空明的时刻，才能体会星辰对我的暗示：在没有生命的天空，它们固执地点燃自己，而我，为什么要把那小小的灯盏，藏在墙角的灰尘里？

深夜，我听见一只孤独的鹭鸟飞越城市的上空，发出凄切的鸣叫。不止一次了，我从这声音里没有感到什么诗意和美感，相反，我体会到的是生命的艰辛和孤苦。谁知道呢，也许它是为寻找爱情而迁徙，也许仅仅为了寻找食物。不管怎么说，它的声音都在告诉我世界的匮乏和饥饿。可是我不能帮助它，在没有体温的天空，它是天空唯一的温度、唯一的心跳。它在生存的上空，诉说着生存的疼痛。它是沉默的天空说出的一句格言，可惜人们都沉入熟睡，没有听见。

当我拾起一片羽毛，我总要端详半天，从羽骨的血痕，想象它从鸟的身体分离时的情景，想象一场暴风雨，想象天空的一次战栗。

赌徒和圣徒眼里的星空是截然不同的。在赌徒的眼里，星空是无穷的钱币；在圣徒的眼里，星空是无数寂寞燃烧的灵魂。

我看见每一头牛都忧郁而深刻，无论拉犁的牛、哺乳的牛，还是静卧于田头地角默默反刍的牛，它们的身影如历经沧桑的古老城堡，它们的目光里含着任何语言都无法破译的忧伤的烟雾。我真希望它们之中有一位先知先觉者，突然在某一时刻说出一段话来，那肯定是惊世骇俗的警句，它远比最深刻的哲学家深刻，它说出了另一些生命对世界的理解，那极温和的语言，却令肉食动物们无地自容。其实，牛是用不着说话的，"此时无声胜有声"，牛一直用沉默表达着对弱肉强食命运的抗议。而命运的力量是如此强大，牛放弃了徒劳的对抗，采取与命运合作的态度：拉犁、负重、牺牲，以自己灰暗的生涯成全着人的喧闹和缤纷。牛是真的对此没有怨尤吗？那尖锐而克制的犄角，似乎永远在挑剔这不太完美的世界。

我梦见一辆汽车对另一辆汽车说：我想回故乡去。另一辆说：我也想回去。于是它们开动自己，趁着夜色返回深山，很快就变回安静的矿石。只有几只轮胎无法变回去，一直在我梦里来回滚动。

第五辑

有书做伴,内心丰盈

他的身体成了一座庙宇,
守着这座庙不是他活着的目的,
他是要在这庙里点燃一盏心灯,
供奉一颗伟大的灵魂,
并用这心魂的光芒照亮存在的暗夜,
照亮一切未明的事物。

记忆光线

我们被时间深处的记忆光线缠绕着、照耀着,同时,我们也将变成记忆的光线,去缠绕和照耀后来人的心灵,后来人的人生。

  天文学家的一生,是单相思的一生,他们苦苦思慕、追寻、凝视着遥远的天体,而那些他们远在天上的"恋人"却浑然不觉,既不眉目传情,也不摇手拒绝。但他们依然固执地捕捉它们的细微信息,一缕微光,一阵脉冲,一丝烟云,都令他们兴奋、痴狂,好像恋人有了微妙的暗示。也许他们中的不少人,用一生的激情和精力,孜孜以求、苦苦眷恋的那个偶像级天体,仅仅是从一百多亿光年以外传来的光线,很可能,经过一百多亿光年的太空穿越,光线到达地球时,那天体早已毁灭了,这位痴心人看见的,只是恋人的遗像。

  天文学家单相思的苦恋,是有点儿悲壮的意味了。但是细想来,我们人类的一切崇高的精神活动也都有点儿单相思的悲壮意味。读屈原的诗,我们被他的高洁情怀所感染,但谁见过屈原?屈原早已沉淀成历史长河深处的贵金属,我们感受到的是从语言的云层里辐射而来的诗人灵魂的光线;读《红楼梦》,我们会为黛玉及那些纯洁女子的不幸命运洒一掬同情之泪，但我们无一人到过大观园，无一人见过林黛玉，那感动我们、洗礼我们的，是从时间那边、文字深处传来的美好生命陨落的血泪之光；翻雪山、过草地的万里长征壮举，是何等感天动地，但我们听到那故事的时候，无数英雄们已经走进历史的壁画和浮雕，那让我们热血沸腾、情怀壮烈的正是那穿透历史烟雨的强大记忆光线。

我们总是在正在穿越的这段时间里、这段生活里，接受着此刻太阳的照耀，同时回望和远眺那笼罩我们的历史苍穹，它已成为我们生存和心灵的深远背景和强大磁场。那穿越层层烟云后抵达我们的精神光线，也如此时的阳光一样，照耀着我们，增加着我们的精神钙质，扩大着我们的心灵幅员，且由于它携带着更多的记忆密码，它更激起我们对一种崇高生命境界的缅怀、追慕和敬仰。

这样说来，貌似单相思的苦恋和热恋，其实并不只是单相思，当对方足够美好、伟大和可爱，你将她视为追慕的女神和偶像，她就会调动你全部的生命激情和美好襟怀，去在精神上接近她，力求达到与她的美好、伟大和可爱相称的生命境界。那么，被你追慕着的远方的那个光源，无论是一个女神、一个英雄，或一个天体，她都已经进入你的生命和精神，参与和塑造了你的成长，成为你心路历程的一部分。

我们总是缅怀和追忆那逝去的一切，我们总是发思古之幽情，我们总想挽留流逝的时光。诗人普希金说：那逝去的一切，都将变成美好的记忆；诗人华兹华斯说：诗是在沉静中回忆过来的情绪；诗人李商隐说：沧海月明珠有泪，蓝田日暖玉生烟，这是在回忆；诗人白居易说：天长地久有时尽，此恨绵绵无绝期，这依然是在回忆。而所有的回忆都是单相思，所有的单相思也将变成回忆。

照耀万物生长的只有一个太阳，而构成我们生命背景并照耀我们精神宇宙的，则是亿万个太阳、亿万个星辰和亿万条星河，它们中的绝大多数都在千万光年、亿万光年之外。可以说，正是宇宙的过去之光、历史之光、记忆之光在环绕、笼罩和照耀着我们。

其实，宇宙就是一场漫长的回忆。

天文学家就是在宇宙的沧海里打捞记忆线索的人。

我们难道不是在历史的沧海里打捞记忆线索的人吗？

从这个意义上说，人类的生存方式，其实都带着天文学的属性。

我们被时间深处的记忆光线缠绕着、照耀着，同时，我们也将变成记忆的光线，去缠绕和照耀后来人的心灵，后来人的人生。

心说

心是不会迷途的，心，总是朝着光的方向。

人安静下来，就能听见自己的心跳。

在一间空屋里，唯一陪伴你的，是你的心。

这时候，你比什么时候都更加明白：你什么也没有，只有一颗心。

不错，还有手。但手是用来抚摸心跳的，疼痛的时候，就用手捂住心口；有时候，我们恨不能把自己的心掏出来，捧给那也向我们敞开胸怀的人。

不错，还有腿。但腿是奉了心的指令，去追逐远方的另一颗心，或某一盏灯光。最终，腿返回，腿静止或深陷在某一次心跳里。

不错，还有脑。但脑只是心的一部分，是心的翻译和记录者。心是大海，是长河，脑只是一名勉强称职的水文工作者。心是藏书丰富的图书馆，脑是它的读者。心是浩瀚无边的宇宙，脑是一位凝神（有时也走神）观望的天文学家。

不错，还有胃、肝、肾、胆、肺，还有眼、耳、鼻、口、脸等。它们都是心的附件。我们不要忘了,狼也有肝,猪也有胃,鳄鱼也有脸。但它们没有真正意义上的心——因为,它们没有信仰、良知和深挚的爱情。

我们唯一可宝贵的,是心。

行走在长夜里,星光隐去,萤火虫也被风抢走了灯笼,偶尔,树丛里闪出绿莹莹的狼眼。这时候,唯一能为自己照明的,是那颗心。许多明亮温暖的记忆,如涌动的灯油,点燃了心灯。心是不会迷途的,心,总是朝着光的方向。倘若心迷途了,索性就与心坐在一起,坐成一尊雕像。

我有过在峡谷里穿行的经历。四周皆是铁青色的石壁,被僵硬粗暴的面孔包围,我有些恐惧。又仿佛是凿好了的墓穴,我如幽灵飘忽其中。埋伏了千年万载的石头,随便飞来一块,我都会变成尘泥。这时候,我听见了我的心跳,最温柔、最多汁的,我的小小的心,挑战这顽石累累的峡谷,竟是小小的、楚楚跳动的你。

在一大堆险恶的石头里,我再一次发现,我唯一拥有的,是这颗多汁的心。我同时明白,人活着的意义究竟是什么——在一堆冷漠的石头里,尚有一种柔软的东西存在着,它就是:心。

我们这一生,就是找心。

于是我终于看见,在峡谷的某处,石头与石头的缝隙,有一片片浅绿的苔藓,偶尔,还有一些在微风里摇曳得很好看、很凄切的野草。

我终于相信，在峡谷的深处，或远处，肯定生长着更多柔软的事物和柔软的心。

这世界有迷雾，有苦痛，有危险，有墓地，但一茬茬的人还是如潮水般涌入这个世界，所为者何？来寻找心。这世界只要还有心在，就有来寻找它的人。

当我们离别时，不牵挂别的，只是牵挂三五颗（或更多一些）好的心。当我能含着微笑离去，那不是因为我赚取了金银、名利或什么权柄（这些都要原封不动地留下，这些东西本来就是些嫁鸡随鸡、嫁狗随狗的东西），而仅仅是因为我曾经和那些可爱的人，交换过可爱的心。

奇怪，我看见不少心已遗失在体外的人，仍在奔跑，仍在疯狂，仍在笑。

仔细一看，那是衣服在奔跑，躯壳在疯狂，假脸在笑。

"良心被狗吃了"是一句口头禅了。只是我们未必明白，除非你放弃或卖掉心，再多的狗也是吃不了你的心的。是自己吃掉了或卖掉了自己的心。人，有时候就是他自己的狗。

守护好自己的心，才算是个人。

这道理简单得就像1+1=2。但我们背叛的常常就是最简单的真理。

有时候回忆往事，一想起某个姓名就感到温暖亲切，不因为这个姓名有多大功业、多高的名分，而仅仅因为这个姓名连接着的是一个好心的人，一个真诚的人，一个慈悲的人；有些姓名也掠过记忆,但我总是尽快将它赶走,不让它盘踞我的记忆,这样的姓名令人厌恶,不为别的,只因为拥有这个姓名的那人,他的心不好,藏满了冷漠、仇恨和邪恶。

我们对一个人的评价,乃是对他拥有的那颗心的评价。

心,大大地坏了的人,怎么能是好人。

"圣人""贤人""至人",这些标准似乎都高了一些,不大容易修行到位。

那就做个好心人吧。

人生一世,草木一秋。做个好心人,有一颗好的心,这就很好。

点亮灵魂的灯

灵魂内部的光芒照亮了一个人的身心，使人的表情里具有了更丰富的精神属性。

弘一法师（李叔同），是近代中国少有的圣人之一。我读他的传记，知道他也是由迷而悟、由俗而圣的。圣人并非天成，也需要修行，需要不断超越、升华，并在升华而达到的境界里全身心沉浸，渐渐地身心俱净，表里清澈，灵与肉均进入另一种状态，那或许是荣辱皆忘、魂天归一的大化之境，或许是悲天悯人、慈爱盈胸的大爱之境。很可能，这两种境界是共存于圣人心中的。在游目万类、寄情自然的时候，也即"审美"的时候，圣人是以前一种心境观照天地；而在体察人世和生灵的境遇时，圣人是以后一种心胸同情着一切。

在他成圣之前，也即他"迷"着、"俗"着的时候，从他的照片里，可以看到那是一个逞才使气、风流倜傥的才子李叔同，目光和神态里流露出类似"成功人士"的几份自许和得意，你可以佩服他，但很难去尊敬他，他那时不过是一个高雅的、有出息的俗人而已。而到他削发为僧、一心求道学佛以后，李叔同真的渐渐变成了弘一法师。从照片上看，他的眉宇、目光、神情，都透出一种淡远、虚灵的气质，到后来，他终于完全褪尽俗气。整个儿看，从形与神、灵与肉，从看不见的精神内核的深处，透露出的是无比高洁的、完全精神化了的气息，那个肉身的李叔同、世俗的李叔同似乎已经蒸发了，留下的是一个纯粹的、被某种神圣的阳光熔铸而成的弘一法师——一个彻底皈依了某种精神信仰，又从自己内心深处发出精神之光来照耀这个世界的人，这样的人，就是生命被信仰照亮的人，也就是"道成肉身"。他的身体成了一座庙宇，守着这座庙不是他活着的目的，他是要在这庙里点燃一盏心灯，供奉一个伟大的灵魂，并用这心魂的光芒照亮存在的暗夜，照亮一切未明的事物，让生命和宇宙彰显出神圣的意味——这才是活着的目的和意义。

　　说到"肉身"这座庙，我们每个人都有一座。恕我直言，现在的人越来越注重肉身、越来越轻视灵魂，以至于许多人仅有一具无灵之躯了。肉身的装饰、肉身的充填、肉身的快感，成了唯此为大的事，而肉身之内，除了层出不穷的欲望和本能冲动，已经没有了灵的位置和空间。西方哲学家批判现代消费主义、享乐主义、物质主义异化了人生，从内部瓦解和抽干了人性，说现代商业社会的人不过是一些没有灵魂的"欲望之躯"，可谓切中要害。我们看到，多少人把肉身这座庙充填得五毒俱全，装饰得五色迷眼，打造得金碧辉煌，而庙里除了欲望，却没有灵魂的位置，没有灯的位置，基本上是一座空庙、黑庙。想来，真是有些虚妄,我们千方百计收拾着一座这样的庙,到头来庙一倒,就什么都没有了。这使我想起古代圣哲的教导"为天地立心"。天地无心,是人把一颗大爱之心赋予了天地,天地遂有了心;反观人自身,这句话更适用,人活着本无终极的意义,是人把某种意义赋予了人,人生遂有了意义。天生了人的肉身这座庙,人一方面要维修好这座庙,同时要在庙里点灯敬"神",点灵魂之灯,敬灵魂之"神"。是灵魂把有限的人与辽阔的天地、永恒的时空连接起来,是灵魂使我们意识到头顶的星空和内心的道德律的深沉召唤,是灵魂使我们能够在物质的宇宙里发现和敬畏一个精神的宇宙,从而在有限和速朽的人生里,感悟到不因我们离去而消失的永恒的东西——那种弥漫于天地万物、回荡于我们内心深处、轮回于时间全过程的感人神性,那种宇宙宗教感、庄严感、神圣感。我们能以有限之生,与如此广袤伟大的存在相遇并生出激情和美感,实在是值得感恩的幸运。于是,一种人生的意义感油然而生。

试想,如果肉身这座庙里,没有灯的光芒,没有灵魂的光芒,这座庙会是怎样的庙?几面肉墙、一堆脂肪之外,还有什么呢?或许围绕肉身,会得到一些短暂的快感,但不会有那种意味深长的美感;会得到一些浅薄的满足感,但不会有那种天长地久的意义感。庄子说"虚室生白",虚静的房间会发出白光,而杂物充塞的房间除了杂物,不会有更丰富的东西降临。人生的意义,必须在"灵魂到场"的境况下才会发生,物质并不能自动生成意义，石头是硬的、静止的，水是软的、流动的，在一双物质的眼睛里，它们只是物而已；而在一双灵魂的眼睛里，石头是建造宇宙神庙的材料，它见证了宇宙运动的神秘过程，它是时间的密码；水起源于我们的想象力不能抵达的上游，水流过世世代代人的身体和眸子，水里面保存着智者的眼神，保存着孔子"逝者如斯夫，不舍昼夜"的叹息和他投进水里的沉思的眼神，水保存着多少流泪的眼神和喜悦的眼神。与水相遇，你是与多少眼神相遇？掬水在手，你是把多少流逝的人生掬在手中？你看月亮升起，你会想起唐朝的月亮如何升起，唐朝的月光是怎样盛满诗人们的酒杯；你看见山路上的车前草，你会想起《诗经》里的车前草，想起世世代代的车轮前，那摇曳着、芬芳着的车前草，于是这车前草就连接起古今的道路，我们不过是行走在古人的脚印里。由于灵魂的到场，事物就逸出了它实用性、有限性的枷锁，而与更广大的因果、更辽阔的背景发生了关联，那高出事物的有限"物性"、潜藏于事物背后的更深刻的属性——即它的"神性"就随之敞开并呈现出来，于是，我们透过世界物质运动的轨迹，感悟到更深奥和庄严的精神运动。就这样，到场的灵魂，主持了我们与世界相遇的仪式，人生不再是盲目混乱的物质运动的一环，而成为精神照亮物质的过程，成为意义生成的过程。反之，如果灵魂不在场，一切都是幽暗的、混乱的，不与事物更隐秘的结构、更神圣的秩序发生关联的折腾，都是无意义的。

再回到李叔同。他的传记里，写他每次入座前，都要拿起凳子抖一抖，然后才落座，他怕压死了凳子上的小生命，那或许是歇栖于其上的小虫子。圣人之心，既至大无外，可以包容宇宙，又至小无内，竟然怜悯一只小虫。他的灵魂告诉他，众生平等，无论一个巨人、一头大象还是一只昆虫，都是无限宇宙中"呼吸的一瞬"，都是经历无穷生死轮回之后才拥有的生的一瞬，何其不易，何其当惜。伟大的灵魂里，才会有细微的情感，才蕴藏深邃的仁慈：他知道，在无限巨大的宇宙里，充满了危险莫测的宇宙里，小的，才更不容易，它们随时都会被忽略，随时都会受伤害，因而，小的、弱的，在一个暴力的宇宙里，在一个被弱肉强食的食物链控制的严酷世界里，它们更值得同情和怜惜。这种同情和怜惜，未必能修改进化链条的严密秩序，未必能改变弱者的根本处境，但是，它闪耀的道德光芒却让被"规律"主宰的冷冰冰的世界有了几许温暖和亲切，在速度和效率之外，我们体会到一种更感人的温情和诗意。

李叔同晚期的照片，定格了一种生命的仪态、一种精神的面貌、一种灵魂的表情。与他早期的形象相比，虽不能说判若两人，却是迥然有别。越到后来，他清肃的形象，透露出越来越高洁、越来越寂远、越来越慈悲的气息。有一幅他的背影照，他行走在小路上，前面是幽深的树林，他正往林中走去，反射着隐约光线的光头，布鞋里那双谦卑行路的赤脚，那安静无言地远去的背影，都像写满了话语，如果他转过身来，我会看见一张怎样的脸呢？那脸或许与背影一样安静，甚至看不到确切的表情，但是，如果我们用心凝视，用灵魂解读，会从他的表情里，看到月亮从夜的深处投来的表情，看到海从盐的内部提炼出的表情，看到莲从淤泥后面升起的忧伤而芳香的表情。

这样行走在大爱和幽境之中的背影，肯定被一个深挚、宽广的灵魂引导着。灵魂到达怎样的境界，生命才拥有怎样的境界。一个俗人或恶人登上千仞高峰，他还是看不见精神的日出，因为没有灵魂引路，就没有别的力量为他去除生命中的俗与恶，纵然置身千仞，生命仍在低处。只有高处的灵魂，能引领我们到达生命的高处、深处和幽微之处，从而能透过幻象，看见真相，又从这真相里，看到那与我们灵魂对应的"心的图像"，于是，我们从更高的层次里，与万物达成和解并融合为一，灵魂找到了它永恒的故乡。

灵魂就这样为生命引路，并且塑造着生命的姿态和表情。我从李叔同的前后照片中，清楚地看见灵魂是怎样深刻地改变一个人，包括他的情感、行为、气息，甚至面貌和背影。

康·帕乌斯托夫斯基曾经这样描述契诃夫的形象在精神引领下的前后变化，他说他把契诃夫早期的照片和中后期的照片放在一起进行观察，发现走上文学之路的契诃夫变得越来越深刻、善良、高雅和安详，与早期那个庸俗的、小市民的形象判若云泥。他认为这就是文学精神从内部改良和塑造了一个人，这种改变是如此彻底，以至于改变了他的面部特征。他认为一种高尚的精神和优美的灵魂，可以让一个人变得更好看、更有魅力，这已不是修饰、训练出来的所谓风度，而是灵魂内部的光芒照亮了一个人的身心，使人的表情里具有了更丰富的精神属性。

我曾听见一个女士说过她的失望，她说她活了三十多岁，好像还没有看见一个让她感到真正完美的面孔，让她从那面孔里既看到人的形式上的美感，又感到一种精神的、灵魂的光芒。她说她看到的比较优秀的面孔，也总有缺陷：要么形式大于内容，面孔不错，却缺少神韵；要么内容大于形式，过多的精神痕迹堆积在脸上，内容挤压了形式，以至于伤害了形式。她所期待的完美的面孔，是灵魂与肉身和睦相处、水乳交融的结晶，是深切、宽广的精神世界从内部完成的对一个人外貌的塑造，最后，一个肉身的人高度灵魂化了，而优美的灵魂又被肉身珍藏和复写，并且恰到好处地呈现出来。

这样形神兼备的脸和仪态，显然不只与营养、服饰有关，更主要与信仰有关，与教养有关，与德行有关，与灵魂有关。当信仰缺席、教养荒废、德行匮乏、灵魂退位时，沸腾的欲望乘虚而入，成了主角，而它，欲望，如狼似虎的欲望，如油煎火烧的欲望，又能塑造出怎样的脸，雕刻出怎样的表情呢？

走近诗佛

与他的心灵长相往来的,就是那笼罩着佛光禅意的山水林泉、琴诗书画、天籁自然。

一

在群星满天的唐代诗人中,王维是很特殊的一位诗人。若论诗的艺术性,在唐诗乃至整个中国古代诗歌史上,王维的诗的艺术成就是很高的,他是我国山水田园诗的艺术大师。

先说他为何特殊。在古代,文人士子大都有自己的精神信仰和道德理想,或崇儒,修身以济世;或学佛,自度兼度人;或尚道,抱朴而怀素。其实,数千年里,大部分知识分子和普通中国百姓,绝不像现在有的人这样失去精神信仰:除了只信钱和权,什么都不信;除了迷失于物质主义、消费主义的世俗世界,再无精神的方向和心灵的净土。古时可不是这样的。古时的中国人,儒、释、道并非仅仅是孔庙、佛寺、道观里的经书和说教,而是普及了的信仰和道德,像空气一样弥漫在日常生活中,渗透在人们的心性里,经久不息地塑造了中国人的心灵和情感。即使有的人并不明确信什么，心里还是有潜在信仰的，因为，儒、释、道已经成为人们"道德的底稿"和精神的基因。文人整体上都笼罩在儒、释、道构成的精神文化大气层之下，只不过有的更显儒家风范，如杜甫；有的更显道家风骨，如李白；而被称为"诗佛"的王维，当然身上就更多了佛的气息。

那么，既然所有文人都有精神的信仰，王维信佛，又有什么特殊呢？

古代大部分文士，他们倾向于或认同某种信仰，主要是吸纳其道德元素和文化元素，内化于自己的德行和著述，但未必真的像善男信女那样，在仪轨上严格谨守。而王维的特殊正在这里：他不仅在精神上皈依了佛教，而且在日常修持和生活方式上，也完全是一个虔诚、标准的佛教徒。

王维的母亲就是笃诚的佛教徒，王维自小沐浴在佛香和经声里，自小受母亲的言传身教，这对他精神世界的影响是刻骨铭心的。王维早年积极入世，考取进士，入朝做官。安史之乱期间和以后，他遭遇天下大乱和仕途打击，虽未完全退出官场，仍作为朝廷官吏拿着俸禄，但上班也只是象征性地应个卯，因为当时的都城长安城离终南山不远，乘马车、骑驴或步行，要不了多时就进山了。王维多数时候都是远离都城，在终南山的辋川一带隐居山林，信奉禅宗，吃素守斋，诵经坐禅，严格修持，在优美恬静的山水田园里修身养性，消融自我，安顿心魂，过着居士清修的生活。《宋高僧传》记载："松生石上，水流松下。王公焚香静室……"《旧唐书·王维传》记载："斋中无所有，唯茶铛、药臼、经案、绳床而已。退朝之后，焚香独坐，以禅诵为事。"他在《山中寄诸弟妹》一诗中，这样描述他的修行生活："山中多法侣，禅诵自为群。城郭遥相望，唯应见白云。"我远离尘嚣，隐遁深山，和众僧侣们诵经修行，远在城里的弟妹们啊，你们遥望高山，望见了什么呢？你们是看不见我的，只看见那满山的白云。是的，那个俗界的王维已经不见了，他已和山水林泉、清风白云化为一体了。

作为佛教徒的王维，其修持的严格，从这件事可见一斑：王维三十岁左右的时候，妻子病故，"妻亡不再娶，三十年孤居一室，屏绝尘累"（《旧唐书·王维传》），直到六十一岁逝世。他生前交往的也多是僧人居士、淳朴百姓，很少与名利之徒有什么瓜葛，而与他的心灵长相往来的，就是那笼罩着佛光禅意的山水林泉、琴诗书画、天籁自然。

二

日日禅诵清修，悟道吟诗，又时时置身于山水田园、白云清泉之间，这样长期的修炼，可想而知，这位佛徒兼诗人，其内心世界和性灵趣味，已达到了怎样纯净、安详、空灵和高妙之境？加上他过人的天赋、丰厚的文化修养、深湛的悟性和诗意感受力，他的诗歌艺术所抵达的高深而悠远的境界，就是可期待的了。

王维对我国古典诗歌最大的贡献,就是创造了一个充满禅意,但又可感可悟,虽如仙境般空灵悠远,但凡人也可以转身进入的诗意世界。

试读《鹿柴》:

"空山不见人,但闻人语响。返景入深林,复照青苔上。"

早年我读此诗,觉得没什么深意,没什么了不起,不就是夕阳返照、空山幽寂吗?

及至后来,反复诵读和揣摩,我才有了较深一点儿的体悟。这是一首多好的诗啊,它的意境是那样的朴素、简洁、空远和清澈,若是说得高调一点儿,这首仅二十个字的诗,呈现和暗示的却是对生命本质的顿悟和对永恒的宇宙宿命的观照。

我们若是走进深山,都会有这样的体验:山谷深深,山峦重叠,空山寂寥,世界静如太古。突然,不知从哪片林子或哪个幽谷,传来人说话的声音,那人语与山岩相遇相撞,又变成了此起彼伏的回声,于是,那人语被放大、被拉长了,仿佛有许多人、许多物,都在传递一句惊世话语。那回声与你擦身而过,你也似乎加入了对那句人语的放大和传递,你也成了回声的制造者。很快,那人语和回声,静了下来,无边山色融化了那人语,无限时空删除了那回声,空山又恢复到以前的静,那太古般的静,就像这深山从来没有出现过人语人声一样。这时,只看见,夕阳的余晖照进林子里,又从枝叶间漏下,静静地照在青苔上。而那厚厚的青苔，已不知是从多少万年的腐殖土里生长出来。哦，在这万古千秋的宇宙里，在这无边的荒凉和寂静里，人是什么呢？人，就是无边寂静中的那声人语；人能做什么呢？人能做的，就是发出那声"人语响"，就是看到那返照。而发出又怎样？看到又怎样呢？发出就发出了，没发出也无妨；看到就看到了，没看到也无妨，这都不会给空山和宇宙增添什么或减少什么。你瞧，在寂静的空山和寂静的林子里，返过去又照过来的，还是那不多不少的幽幽天光，还是那不生不灭的渺渺返照。

诗中，那位观察者始终没有出现，但无疑他是这一情景的目击者，他听到了那短暂的人语，他沐浴了那短促的返照。他孤独吗？他忧伤吗？他绝望吗？因为，在此时此山间，他目击了时光流逝的拐点，数声人语之后，半个夕阳沉没，天地浑茫，万物消隐，发出人语的人，不知所终；看见返照的人，不知所终。只有寂静的宇宙和寂静的空山，重复着万古的寂静。那么，那位始终没有出面的观察者，他此时的心境是什么呢？作为绝尘出世之人，他那空远的心，无关风月，无关悲喜，他的心境，超越了世俗的所谓悲喜，他的心境是一片湛澈、空阔和宁静，因为，宇宙的玄机和生命的深意，在这一刻已经向他敞开和呈现，他的心，已洞悉了天地之心。一颗洞悉了天地之心的心，已然与天地合一。这一刻，他体验到了剔除一切妄念和尘垢，找到自己的透明本心的那份空灵、自由、辽阔、自洽的感觉，体验到人的本心与宇宙、与更高的真理融合为一时的那种通脱和圆融。此时他无悲无喜，因为他超越了悲喜。这时候，他领悟了生命的意味和宇宙的真相，他体验到从幽深的本心里生起的那种无关风月、无关功利、无以言说的喜悦和宁静，这就是妙不可言的禅悦和无上法喜。

三

再读《辛夷坞》：

"木末芙蓉花，山中发红萼。涧户寂无人，纷纷开且落。"

这是一首同样会被世人小看的诗，可笑的是，我当年竟无知地以"过于简单"妄评之。古人说最好的诗文当具备这样的品格："状难写之景，如在目前；含不尽之意，见于言外。"这首诗倒没有什么难写之景，却在极有限的文字里，蕴藏着不尽之意：

那树梢顶上的花儿，静静地开了，开得那么热烈和红艳；在这深涧幽谷，渺无人烟，花儿就那么纷纷开着，纷纷落着，花影落在花影上，那么唯美和安详。这情景，就像静夜的月亮走过清空，月光落在月光上，那么轻盈和自在，并不因无人仰望或注视，月光就减少一丝清辉。也像那幽谷山泉，清流自地底涌出，碧波接纳着碧波，绝不会因为没有鸟儿临水照镜，没有幽人掬水而饮，这泉水就克扣一勺一滴。

这是寂寞的热烈，这是平淡的沸腾，这是震耳欲聋的寂静，这是万物的自性圆满，这是不需要看客的生命出演，这是不需要目的的审美晕眩，这是不需要结论的哲学思辨，这是不需要旅伴的精神历险；这是一场幸福的灾难，不需要救援；这是一次美丽的崩溃，不需要同情；这是此刻的自己与更高处的自己举行婚礼，不需要祝贺；这是正在悄悄举行的盛宴，不需要别人买单，这是心灵在自己盛情款待自己；这是一个自然之物在内心度过的节日；这是一个自在生命在完成自己以后，自己目送自己走远，自己目送自己离开，到自己的更远处去，到自己的更深处去，到永恒那里去。

这首诗里暗含着对佛教生命哲学的深刻理解。佛曰：一念觉即佛，一念迷即凡；佛是觉悟了的众生，众生是未觉悟的佛。佛又曰：境由心造，心由念生；去妄归真，明心见性；明心则觉，见性成佛。那纷纷开且落的花儿，正是觉悟之花、性灵之花、智慧之花、自性圆满之花。它开了落了，都不是为了博取谁的认同或欣赏，它是自在、自为、自足的；它开了落了，就像一曲音乐，从寂静中响起，缭绕天际，然后默默地回到寂静。

再看《竹里馆》：

"独坐幽篁里，弹琴复长啸。深林人不知，明月来相照。"

在深深的竹林里，一个人时而弹琴，时而吹口哨，不是为了让人欣赏，只有明月才是最高洁的知音，明月从天上远道而来，着迷地看着我忘情陶醉，我也望着这天上的知音，陶醉着我的陶醉，也陶醉着它的陶醉。我和月亮，就这样悠然地、陶然地、无言地久久对望着彼此，遂望见了彼此之本心，望见了天地之心，望见了永恒。

这其实是一个人在与天地精神相往来，类似庄子的"心斋""玄览"和"神游"，那是一种"妙处难与君说"的精神漫游和心灵飞翔。明月是天地之心，而一颗洗尽纤尘的诗心，与明月对望，实则是最好的人心（禅心），与最清澈的天心的相遇、相融。这一刻，天地间万虑尽消，一尘不染，唯有深湛的觉悟和透明的欣悦，笼罩和抚慰着天心、人心。这同样是只可意会、不可言传的禅悦和法喜，是超越世俗悲喜的大自在和大喜悦。

这首诗不可不读，《书事》：

"轻阴阁小雨，深院昼慵开。坐看苍苔色，欲上人衣来。"

雨天，蒙蒙轻阴笼着阁楼，正好在安静的深院里诵经禅坐，大白天也不想打开院门。走下阁楼禅房，就静坐在院子里，久久凝视积年的青苔，看着看着，那浓郁的苍翠之色，仿佛就要漫上衣服，漫上身体，漫进心魂，将人整个儿也染绿，变得像时光一样苍翠古老。

就那么一地青苔，诗人却感受到了无限的悠远和幽邃！在禅心和佛眼里，青苔岂止是青苔？那是时光的堆叠，那是"悠久"的暗示，从亘古漫向亘古，从永恒漫向永恒；那同时是一种无声的偈语，让你静下来，慢下来，最好停下来，听听时间的足音，看看"无常"的表情，当时间慢下来，"无常"停下来，"无常"也似乎变成了恒常，也有了这深蓝的表情。那么，坐下来吧，邀请飞奔的时光也坐下来，在不停的流逝和无休止的"动"里，体验这万古一瞬的"绝对静止";这一刻,飞速旋转的宇宙和奔腾流逝的万事万物,都慢下来,静下来,停下来,停靠在这无限幽深宁静的意境里。

四

归隐修禅之后的王维,是否就心空如洗、情淡如水了呢?

他毕竟是诗人,诗人不同于"看破红尘凡间事,一心逍遥了此生"的一般僧侣。若不是怀有"无缘大慈,同体大悲"的慈心大愿,即使在出家人中,也有不少人只是个"自了汉",自己出离苦海而未必关怀仍在苦海里挣扎的众生,这是些自度而不度人的自私俗僧。佛曰:"众生度尽,方证菩提,地狱未空,誓不成佛。"诗人兼僧人的王维,既有出世之大觉大悟,也保持着济世的大慈大悲。诗人兼僧人者,必是将彼岸幻梦与人间慈悲集于一身的人。他岂可没有超常之深情?是的,若论才思和智慧,王维绝对是高人;而若论情怀和心肠,王维绝对是善良、慈悲、深情的好人。

且读这首《观别者》:

"青青杨柳陌,陌上别离人。爱子游燕赵,高堂有老亲。不行无可养,行去百忧新。切切委兄弟,依依向四邻。都门帐饮毕,从此谢亲宾。挥涕逐前侣,含凄动征轮。车徒望不见,时见起行尘。吾亦辞家久,看之泪满巾。"

你看，诗人的悲悯情怀何等深沉！他看见百姓离别的悲伤：父母已老，家境贫寒，儿子不外出打工就没法生活，外出又担心在家的老人，但为了生计，只好离家远行，临别依依，含悲上路，车行渐远，唯见行尘。诗人见此情景，想起自己也是远离故乡的人，不觉为之泪流满面，泪水，把手巾都打湿了。在这首诗中，我们发现唐朝也有到远方城市打工的农民工，可见百姓生存之不易，古今皆然。

我们一定还记得王维那首脍炙人口的名诗《九月九日忆山东兄弟》：

"独在异乡为异客，每逢佳节倍思亲。遥知兄弟登高处，遍插茱萸少一人。"

多么情深意长。这是作者十七岁时的作品（诗题中的山东，非现今山东省，指华山以东）。可见，年轻时的王维，是怎样一个深情的人。对人世用情深者，一旦将这深情倾注于天籁自然和精神彼岸，必然对生命和宇宙生出深沉的觉悟与幽微的感怀。当他皈依了信仰，一心求道向佛时，他对人间的深情深意，就在佛的智慧照拂下，深化和提炼成了对天地万物之神奇存在的澄怀观照，对更玄妙的宇宙意境和生命美感的悠然心会和深情认领。

诗情、禅意、法喜，这是上苍赐予人的最高级的精神礼物，得此"三宝"者，是享天福的人。王维，就是一个享了天福的人。他用佛眼看天地，看山水，看草木，看生灵，他看见的一切，都经禅心的照拂和提炼而化成一片禅意；他的心，常常悲悯着红尘众生,到了后期,则时时沉浸于禅悦和法喜之中。但他一点儿也不自私,他没有私享那份大喜悦。他把它们提炼成情思深湛、意境悠远、寄托遥深的诗篇,让千年万载的人们共享。他的诗,实乃精神修行的记录,是内心法喜的投影。

五

细读王维以及其他古代诗人们的诗歌,我们会被他们深湛的诗心、诗情和诗歌意境所深深感染和触动,引发我们的心智去聆听、去靠拢一种意蕴无穷的深远意境和灵性世界。阅读的过程,就成为我们洗心和找心的过程。我们经过一番心灵洗礼和跨时空穿越,终于找到了我们平日被滚滚尘埃和无边啸声所遮蔽和掩埋的本心、灵心和赤子之心。于是,沿着一首诗,我们返回到世界的第一个清晨,返回到心灵的上游和源头,返回到一棵刚刚破土的羞涩春草面前,返回到一眼清泉面前,返回到一颗露珠面前,甚至,我们住进了那颗露珠里,我们变成了一颗透明的露珠。

一首真正的好诗,不只要有情感、有美感、有意象、有意境,而且那意境里,必然涵纳、蕴藏着一种被更高的精神苍穹所笼罩的灵性、灵心和灵境,一种用我们的庸常心智和流行语言所不能完全"翻译"和解读的深意和深境,这就是古人所说的"诗无达诂"。我们需用更深的灵性和灵心,去穿越一般的、浅陋的,甚至扭曲性的理解,从而抵达和领略隐藏在文字深处的诗人的灵性、灵心和灵境。这也正如现代伟大作家马尔克斯所说："诗是平凡生活中的神秘力量。"我们读一篇诗文杰作，必须超越狭隘的实用理性，超越被世俗生存所阉割和定义了的格式化、功利化、扁平化、快餐化、碎片化的残缺感受力和理解力，而以更深的灵性和更圆融的智性，去领悟这篇杰作的弦外之音、言外之意、韵外之致、篇外之趣，去感应那"神秘力量"带给心灵的微妙触动和持久战栗。

重读古典诗文杰作，我们在被触动、被感染、被熏陶之余，也联想到如今铺天盖地的文字帖子和诗词帖子，何以深湛隽永、直抵心灵的真正杰作却寥若晨星、难得一见？

这不只是技巧问题、修辞问题、语言问题，更主要的是精神质地的问题和文本内涵的问题。如今滚滚如大江流水般的写作者和写手，有多少人有自己所笃信的精神信仰和心灵方向？信仰缺席，必然导致心灵贫困；心灵贫困，必然导致哲学荒芜；哲学荒芜，必然导致美学浅陋——而这一切，又必然导致灵性的遮蔽和灵心的枯萎，灵性和灵心不存，则何来诗心、诗感？没有诗心和诗感，又何来诗情、诗意？

如今，在纸上，在网上，在手机上，我们在无穷无尽的流行帖子、鸡汤帖子、诗歌帖子的围追堵截中，我们感受到的却是诗意的贫乏，诗歌的没落和诗人的集体失踪！我们或许看见或听说过许多据说很著名和即将著名的诗人，我们却一直没有见到著名的诗篇和伟大的诗篇。

当此之时，我们不妨重新返回经典的阅读和古典的阅读，走近古圣先贤的心灵世界和诗意乾坤，体味他们的诗心、诗情、诗意和诗境，沐浴古时的晨光落照和灵性点化，重建我们的灵性世界和诗意乾坤，找回我们对诗、对心灵生活、对语言的那种初恋般的感觉和那份深情认领……

水边的孔子

他觉得流水已经说出了天地的大奥秘。如这流水一样,万物都在一一呈现,又一一流逝,汇成浩瀚邈远的"过去"。

孔子说:"逝者如斯夫,不舍昼夜。"这是孔子站在奔流的水边说的话。我想象中的孔子总爱站在水边沉思,话不是太多,偶尔说一句,也是极简短的。他不愿在流水面前插嘴,他觉得流水已经说出了天地的大奥秘。如这流水一样,万物都在一一呈现,又一一流逝,汇成浩瀚邈远的"过去"。人生,就是与永恒打一次照面,交换一个手势,在流水里投去尽可能完美的倒影,并为之动容和惊喜。"逝者如斯夫,不舍昼夜",这句话是哲学,也是诗,包含了孔子对苍茫宇宙的浩叹和对短暂人生的留恋,也隐隐透出一种浩大的悲剧意识。孔子没有展开对宇宙和生命的终极思辨,因为他有太多对人间事务的关怀。面对飞逝的流水,孔子更执着于岸上的人生;没有彼岸,对此岸的诗意感动就是彼岸。孔子的哲学是这般朴素亲切,这大约是他总在水边沉思的缘故。流水打湿他的语言,加深了他的思路,所以,孔子的深刻是水的深刻,谁都可以盛一勺带进自己的生活,谁也不能穷尽水的渊源,更多的时候只能倾听并接受他亲切的渗透。现在的哲学家们、学者们，大多是些孜孜不倦的书虫，几平方米的书斋成了他们的宇宙，语词的火焰烧烤着他们。我们经常能啃到"油炸"的概念和"爆炒"的原理，有时也能领到一盘"凉拌"的哲学，但很少能尝到那种鲜活的思想和朴素天真的生命体验。除了世界的变迁和文化日益被商业操作造成的窘境，是否还有一个原因：哲学家们远离了水，他们不在水边沉思或咏叹，他们是坐在沙发里工作、操作或写作。我多么想看见孔夫子，那个在水边随意坐着或站着，朴素地与我们说话的孔夫子。

孔子还说："多识于鸟兽草木之名。"看来，孔子不仅爱在水边行走，也爱在原野上行走。露水打湿了他的裤腿，蟋蟀在他身边朗诵《诗经》里的句子，鸟盘旋在屋顶，忽又升上天宇，他的思绪也随之飞升，而后更沉重地降落在烟火缭乱的人间。"蒹葭苍苍，白露为霜"，两千多年前那个白色的早晨，一直流传到今天。我想象，孔子一定从苍苍芦苇里走过，纵目万里霜天，他看见了秋水中的"伊人"，他看见了荒寂中的一缕情意，于是他吟咏："蒹葭苍苍，白露为霜。所谓伊人，在水一方。"

我想象中的孔子，总是走在水边，走在原野上，流水、泥土、草木的气息、禽鸟的声音时时溅满他的身体和思想。他在大地上行走，他与万物同行，万物也逼真地呈现了他的思绪。他把他的感动朴素地说出来，至今仍令我们感动，这是孔子的魅力，这也是大地的魅力。

诗意和美感的源泉

诗意和美感，在每一个人的天性和情感里都或多或少、或强或弱、或显或隐地存在着。

我理解，所谓写作者，就是内心里洋溢着丰沛的诗意又善于领略诗意，内心里充盈着美感又善于发现美感的人。写作，就是呈现诗意和美感的一种方式。

诗意和美感，在每一个人的天性和情感里都或多或少、或强或弱、或显或隐地存在着。

人，活在天地间，活在万物的怀抱中；活在无限苍茫神秘的宇宙中，也活在文化和历史中；活在对已知事物的感受中，也活在对未知领域的想象中；活在对生的感恩、对爱的感动里，有时也活在对死的遐想中。

哲人说：活出意义来。

诗人说：人，应该诗意地栖居在大地上。

我想，诗意、美感，应该是我们活着的意义。当然，人活着，还有责任、义务、道德和事业。但我想，那些在日常生活中让我们感到诗意和美感的时刻，那些令我们陶醉、沉浸、升华的时刻，那些让我们变得纯洁、高尚、美好的事物，常常让我们感到活着的珍贵和可爱，每每在这时候，我们会感到活着的意味和意义。

人生的最高欣慰和快乐，不是在物质的追逐和满足中能够获得的。人，不过一百来斤的重量，在无穷宇宙面前无疑极其渺小，对物质的享用终归有限，而且，人在与物质世界进行能量交换的时刻，并不是人"最有意义"的时刻，因为我们知道，任何生物都能与物质世界进行能量交换。

人生的最高欣慰和快乐，来自心灵的感动，当我们向万物敞开怀抱的时刻，当我们与美好的人、美好的事物相遇并投去深情凝视的时刻，我们感到欣悦和幸福；有时，我们也会与痛苦的事物和不幸的命运遭遇，我们因此感受到世界的另一面，看到蓝色海水后面那幽暗的深渊，我们的生命体验由此获得深化，在对痛苦的感受和承担中，我们会在喜剧甚至闹剧后面，发现世界的悲剧本质和生命的悲剧美。我们同样会感到灵魂被净化后的深沉幸福，对人、对生命、对万物，我们会更多一些同情和热爱。

而所有这一切，都是因为我们发现了生存的诗意和美感。

诗意何处寻？美感何处寻？

中国古人说："外师造化，中得心源。"这里的"造化"即大自然，"心源"就是我们的内心世界。我们不妨把无边的大自然叫作"外宇宙"，把无边的内心叫作"内宇宙"。诗意和审美，即来自人的"内宇宙"和"外宇宙"相互吐纳、相互映照的时刻。

我凝视静夜的星空，星空也凝视我，星空也进入了我的内心，有限的我与无限的宇宙星空融为一体，我常常被一种"无限感"所震撼，这个时刻，我感到我与万物同在，与永恒同在，我的内心变得澄明浩瀚、无际无涯。我的一本诗集《驶向星空》就记录了我的这些体验。

我常常漫步于山间、田野、林中、水畔，有时就静坐在溪水边或仰躺在树林里，看白云倒映于水面，耐心地洗涤着它们各种样式的衣衫，我的心也变得清洁透明；我从瀑布的声浪里感受到一种壮烈的情怀；我从野画眉、布谷鸟的叫声里学到一种说话和写作的方式。这就是：率真和自然。我喜爱一切鸟，我觉得鸟语是值得推广的"世界语"；我爱青山，尤其是雨后的青山，宋代词人辛弃疾的两句词说出了我对青山的感觉，他说"我看青山多妩媚，料青山看我亦如是"；我爱白雪，我爱虹，我爱夜空中的月亮，我爱蜻蜓和蝴蝶，它们是花和草的知音和伴侣，它们款款的影子，出没在大自然，也出没在古今中外的诗文里；我爱动物，牛、马、羊、狗、猫、松鼠，世上没有卑微的动物，你仔细注视，会发现它们的体态神情是那样美，那样和谐，而它们目光中的忧郁和感伤，又令人同情，我常常痴想着，它们能与我交流一点儿什么，谈谈对生命的理解和对命运的看法；我爱一切植物，植物以它们无尽的绿色和果实美化了这个世界，也喂养了这个世界，我写过许多关于自然界的散文和诗歌（包括《山中访友》等），当我写自然界的任何事物的时候，内心总是充满感动和感恩，一片落叶也会在我笔下呈现它亲切细密的脉纹，我像是看到了大自然的隐秘手相，甚至一片雪、一声虫鸣、一阵雨打玻璃的声音，都会在我心底溅起情感的涟漪，我总是努力用语言挽留这些微妙的、深切的、诗意的时刻。每次写作，我总是打开窗子，眺望一会儿朦胧的远山，如果恰逢一声鸟叫，我的诗文便有了清脆生动的开头；如果在夜晚写作，我就先在空旷宁静的地方，仰望头顶的星空，聆听银河无声的波涛，宇宙无穷的黑暗和光芒便滔滔地向我的内心倾泻，我深深地呼吸着那从无限里弥漫而来的浩大气息，然后，我开始诉说（写作就是诉说），向心灵诉说，向人群诉说，向时间诉说，向万物诉说。语言被心中的激情和宇宙的浩气激活，语言行走和飞翔起来，语言有了只有在这个时候才有的动人的表情和语调，就这样，我的心，在语言的原野上走向远处和深处。每当这时候，我感动，万物和宇宙都参与了语言的运动。

诗与药

诗或许也是一种药……其对人生创痛的抚摸，对生命孤独的体贴，对受难灵魂的安妥，这大约都是诗的"药效"吧。

前些时候读冯至先生写的《杜甫传》一书。书写得平实可信，叙述诚恳而质朴，没有一般传记作品常见的毛病，比如过多的抒情和哲人式的评价，以至淹没了传主本身的生命历程和品格风貌，读者看到的只是传记作者用自己的思想和情绪对传主的阐释和渲染，正所谓"喧宾夺主"，传主本人的生平、情怀、遭际、作为，反而被叙述之外过多的虚饰之词遮蔽了。我读《杜甫传》之前，也有一点儿担心，作者会不会对一位伟大诗人表达过多的赞美，而忽略了对他包括性格弱点在内的真实情况的翔实叙述？杜甫作为诗人的伟大是人所共知的，我想了解作为普通人的杜甫的平凡实在的一面。

读罢全书，我觉得这是一本朴素诚恳又可信的书，我读到了一个伟大诗人的平凡之处，也从这平凡之处中更感受到了他的不容易、他的伟大。在那遍地烽火、国破家亡的苦难岁月，一个人能活下去已属不易，而他一边受苦、逃亡，一边忧患天下，还要苦苦锻造诗歌,像收养孤儿一样收养和安顿每一个文字。一个强盛的王朝终于无可挽回地衰落了,而他,骨瘦如柴的他,无家可归的他,却以一行行凝着血泪的文字,打造了一个不朽的诗的王朝。这是一颗诗心对另一颗诗心的深挚观照,这是一个诗人对另一个诗人的遥思和凭吊。

给我留下深刻记忆的是写杜甫在生活艰辛、衣食无着的逃难日子里,他曾沿途采药、替人治病,收点微薄的钱以接济贫苦人们生活的文字。看来杜甫是懂医的。采药、制药、看病,他一个人为患者提供的是"一条龙"服务。伟大诗人曾经做过小小的郎中。我又想到,在古代,文、史、哲、医并不截然分家,文人们也许大多数是懂医道的,中医从哲学得到直接启发。阴阳、虚实、表里等既是古典哲学的范畴,也是中医的基本概念。医书大都写得文采华赡,诗味浓郁,医书,简直是用文学语言写成的哲学。所以在古代,文人懂医道也许是基本素养,不足为奇,而确确实实亲自上山采药、亲自制药卖药、亲自行医的,并不多见。当我读到杜甫在成都、甘肃同谷等地卖药行医的叙述,我的确有些感动。

诗或许也是一种药,尤其是古诗,似乎都像古老的中草药。不仅指诗的功能,其对人生创痛的抚摸,对生命孤独的体贴,对受难灵魂的安妥,这大约都是诗的"药效"吧。而且,你打开《诗经》一直读到唐宋元明清,你不仅嗅到了几千年诗的苦香,也会同时嗅到几千年药的苦香。诗里面所写的那些数不清的植物，有多少本来就是药草啊!《诗经》里的车前子、木瓜、艾，以及后来诗中出现频率越来越高的菊、芍药、莲子、灵芝等，都是清凉平和、消火解毒的良药。有时读到一首咏物抒怀的古诗，其中所写的植物大都是药，这首诗就可以当作药方了。我发现诗人在情怀比较平和、冲淡、宁静时写的诗里，其所写的植物也就是平和、冲淡、苦中带甘的那类，近似于"温补"的那种药；而在孤寂、荒寒的心境下写的诗，其中就多了些古藤、老树、古柏、落叶、残枝，透出一派寒凉、孤弱的苦况，令人感到诗人病得不轻，需要好好"温补"一下；而那些激愤、悲烈的诗，让人感到无论是诗人或者是当时的众生与社会，均已被病苦折磨得太久，寒火已深入血脉，外感风寒，内伤湿滞，表里俱实，阴阳不调，急需去寒解火，综合调理，这就需要良医良药，当然也要病人自己善于自我调养。

诗或许也是一种药，在多数情况下，诗人和他的诗并不能改变社会的命运，甚至诗也并不能改变诗人的命运，这或许是诗不如药的地方。但诗是另一种药，至少，诗人在写诗的时候，诗抚慰了他孤寂的灵魂，他笼罩在诗的情绪里，如同病人笼罩在药的气息和烟雾里，在这一刻他得到了天地之灵和万物之气的灌注和补充，随诗降临的精神支持了一个为某种精神活着的人。诗不像药那么及时和有效，但伟大的诗可以穿越时空，进入很多人的灵魂，使之感动并获得滋养。

1998年夏天，我到甘肃成县（即古代同谷县），拜谒了城郊的杜甫祠堂。祠堂依山临河，山仍是当年的山，是杜甫采过药的那座山，只是山上树木已显得稀疏。望着山上的小径，我想象着杜甫当年拖着老迈之躯冒雨上山挖药的情景，他一定是憔悴瘦弱、脸上泛着菜色的。据说当时的同谷县令对杜甫一家逃难流落此地，非但没有给予同情和帮助，相反，这个庸俗浅薄的芝麻小官以地方土皇帝的傲慢，居高临下地冷落和羞辱杜甫，连间小房子也不愿提供，杜甫一家只好栖身于临时搭起的草棚里。杜甫在同谷居住了三四个月，就靠每日采药、为当地百姓治病，艰难地维持一家老小清苦的生活。一个食不果腹、骨瘦如柴的诗人在近于乞讨的艰难日子里，依然孜孜不倦、一字一句地推敲锻打着诗歌的不朽王朝，他在同谷逗留的时间不长，却写了一百多首咏同谷的诗。我和同行的友人向杜甫雕像深深地鞠躬，并将一杯杯酒祭洒于诗人面前。然后，我在祠堂外的山上，沿着一条小径走到柏树林中。小径上长满了车前草、灯芯草、野薄荷、柴胡、前胡等草药，我想，这些药或许当年都被杜甫采过。它们的种子一代代延续下来，我闻到了苦涩芳香的气息，正是杜甫当年闻到过的那种气息。

  是的，一千多年了，或者再过几千年、几万年，药的气息不会改变，它缭绕人世的疾病和痛苦，它使短暂的人生与无穷的自然久远的历史发生深刻的联系。我采了一枝薄荷夹进随身携带的《杜甫诗选》里，杜甫采过的药和杜甫写下的诗又在一起了，诗与药见面了，它们彼此呼吸着对方的苦香……

心中的月亮

月光无限地延展了我们生命的版图和心灵的幅员,我们的欢乐和悲伤,都是有着宇宙规模的欢乐和悲伤。

在宇宙无穷的星海里,月亮是唯一向人类坦露的芳心。除此之外,再没有第二颗星球如此贴近我们的心灵。

月亮是人类的精神情人、心灵伴侣和诗意源泉,是人类的美育导师,数千年来,她孜孜不倦地对人类进行审美教育和心灵熏陶。

月亮陪伴我们劳心劳力,月亮同情我们受苦受难,月亮喜欢我们重情重义,月亮引领我们向善向美。

中国人的心里,都有一颗高洁的月亮,那是诗意的月亮、文化的月亮、亲情的月亮。

月亮塑造了中国人的文化和心灵。

——题记

一

在我们出现之前,月光已等待多年了。

当我来到世间,首先看见了母亲,接着就看见了月亮,月亮也看着我,我们彼此都感到相逢的惊讶和惊喜。在我们的一生里,被我们注视最多,也总是在注视我们的,就是这离我们不远不近的月亮。

月亮是我们永恒的邻居、朋友、知己和恋人。

我收到的第一封情书,是月亮投寄给我的,从方方正正的窗格递进来,方方正正地放在窗台上,静静地等我拆阅。

捧起,是月光,是读不完的深意。

此后多年,我一直保持着靠窗夜读、睡眠的习惯,我总能随时收到月光的素笺。

这是时光寄给我的情书。我一封封细心收阅和收藏着,却从来没有写一封回信。我不知道,这是否也是一种失礼和辜负?

虽然我心有不安,月亮却一笑了之,它照旧走着它的天路历程,照旧投递着一封封信件,放在窗口、路口,有时就放在我的心口。

月亮有着包容万物的胸襟。

是的,月亮是上苍向人类坦露的唯一的一颗芳心。试问,除了月亮,在宇宙无穷的星海里,你还能找到第二颗如此贴近我们心灵的天体吗?

这体现了上苍对人类最大的信任和期待。这颗高贵的、冰清玉洁的心,就交给你们了,人子啊,你的心,要与天上那颗心同样的晶莹、皎洁,才对称、般配。

上苍完全可以不给人类配备这颗月亮。它若给你配备一颗昏暗的扫帚星（灾星）悬在头顶，你又能把它怎样？

看来，在精神境界方面，上苍是有很高标准的，它安排给你一颗月亮，同时暗示你要有一颗清洁的心与之般配。上苍也讲究精神境界的门当户对。

昼有日神化育，夜有月神做伴。每当想到地球竟有这样一个美好的芳邻，每当想到我们短暂的一生竟有这样一位高洁的朋友，这是何等奇妙！我们何其有幸！自然之神别出心裁的设计，宇宙中这种不可思议的壮美秩序和充满精神暗示的物质结构，以及人在如此神奇的宇宙中所处的位置和所蕴含的真谛——我们越是往深里想，越是从内心深处涌出一种感叹、感念和感恩之情。

二

人类基本没有辜负上苍的苦心，没有辜负月亮的芳心。

自古以来，那些杰出诗人，可以说都是月亮的至情恋人，他们生来注定要和月亮发生一场感天动地的恋情。月亮向他们倾注了最丰盛的光华，他们也把最皎洁的情思献给了月亮。他们一夜夜在月光里漫游、浩叹和吟哦，他们一生都在月光里漫游、浩叹和吟哦。他们的笔一旦触到月光，就显得特别多情、温情和深情，无不诗思泉涌、佳句联翩，那些伟大优美的诗篇，就是他们写给月亮的情书。屈原、张若虚、李白、杜甫、李贺、李商隐、苏东坡、辛弃疾、张孝祥、柳永、李清照……都是月亮的忠实恋人,都把最优秀的诗篇留在月亮的记忆里,就如同把珍贵的钻石戒指戴在恋人的手指上。假若把写月亮的诗从文学史上抽掉,文学的天空、人类精神的天空就会顿时黯淡下来。

月亮是人类的精神情人和心灵伴侣,是引领我们上升的永恒女神。她不大在乎世俗的闺阁之乐和肌肤之亲,却始终和人类保持着柏拉图式的纯真恋情。她给予人的是心灵上的抚慰,是想象中天堂的近距离显像和演示,是我们常常向往的那个更完美的彼岸世界的动人投影。她唤起的不是占有的冲动,她唤起的是我们内心里神性的冥思和诗性的遐思,是人对有限尘世之外的无限时空、无边幻象、无穷命运的无尽惊奇、遥想和敬畏,是人对短暂人生之外的永恒精神生命的崇拜和憧憬。这就极大地丰富了人的内心情怀,极大地净化、美化,甚至圣化了人对宇宙万物的情感态度,使人在面对现象世界的时候,不仅仅只有实用主义态度,而且懂得以超越和敬仰的态度面对万事万物,懂得以空灵的情怀与天地进行精神往来,与万物进行深妙的心灵交流。

就这样,月亮将人的美感和想象提升到天空的深邃、广袤、崇高和超验的境界。月亮既是一个兼具了温婉之美(优美)和崇高之美(壮美)的审美意象,同时也是一个伟大的美育导师,数千年来,她孜孜不倦地对人类进行审美教育和心灵熏陶。凡有人的地方,都有月光在静静地跟随、诉说、感染和渗透;凡有月光的地方,都有被抚摸、被雕塑的人的身影,都有被照亮、被提炼或被融化的心灵，那多半是比平时更好、更清澈的心灵——被月光洗礼了的人的心灵，更接近人本来应该有的心灵，那是有着神的属性的人的心灵，那是洗净了尘垢，变得至真至纯、感通万物的赤子之心和天地之心。

在如此美好的月光里，若是出现邪恶的阴影和污浊的灵魂，那就太不可思议了。人啊，你辜负了这么好的月光，你也辜负了你自己，你为什么就不能让你的灵魂里多一点儿月光呢？你为什么就不能变得可爱一些呢？

在月夜里，我们应该以手加额，对着天上的水晶宣誓：我们不是欲望的可怜囚徒和奴隶，我们是崇高精神的信仰者和朝圣者，只有皎洁的人心，才配面对月亮的芳心。

三

我们对初恋、友谊、亲情的珍视，对超验领域的顿悟，对诗意情境的感念，对种种难以忘怀事物的记忆，其实，很多时候是对月夜和月光的记忆。在如水月光里，走过我们，以及紧随着的我们的身影，这时候，我们既是真实存在，也是梦中幻象，既是地上的人，也是天上的神，世界在双倍地接纳我们和拥抱我们，我们也在双倍地经历世界和经历人生。刻骨铭心的欣悦和刻骨铭心的忧伤，多半都发生在有月亮的晚上和有月光的地方。月亮对我们的紧紧跟随和默默注视，使凡尘间发生的事件都有了超凡的意味，有月亮在场，有月亮代表天空和宇宙在看着我们，这就意味着整个宇宙都在场，整个宇宙都在看着我们。于是，在我们身上发生的事件就超越了我们自身，而有了宇宙学的神秘意义。就这样，月光无限地延展了我们生命的版图和心灵的幅员，我们的欢乐和悲伤，都是宇宙规模的欢乐和悲伤。

初月、斜月、弯月、上弦月、下弦月、圆月、缺月、明月、暗月、淡月、素月、暖月、寒月、落月、冷月、皎月、新月、残月……月亮不停地变换着形象，不停地用时间之刀切割自己，用天地之色晕染自己，这位美学大师，我们心灵的牧师，她几乎穷尽了自己可以扮演的各种意象，来为我们直观地暗示宇宙的阴晴圆缺、命运的阴晴圆缺、内心的阴晴圆缺。即使她暗示给我们的高深哲学，有时也竟是虚无的哲学，而她采用的方式依然是美学的，即使是虚无，因了美的濡染渗透，虚无也有了饱满的内涵和值得领悟的意味。

四

当我打开一本古书，或一卷古诗，书页轻轻响动，我知道，我是惊醒了保存在文字里的遥远年代的某个夜晚的月光，以及月光里的心跳和呼吸，它们，在今夜，在大致相同的月光里，又活了过来。

当我在祖先留下的古井里打水，像父辈那样虔敬地弯下腰，缓缓放下系着井绳的水桶，哦，你知道我看见了什么吗？一弯皎月，藏在水里静静地等我打捞。哦，多少情感，多少记忆，多少藏在低处、深处的生活的秘密，都在等待我们放低身子，怀着谦卑的心，去仔细打捞。打捞，因而是一项没有止境的美好工作。唯一的人生里，可以打捞出无数的细节；就像唯一的月亮，却有着无尽的月光。

我看见连夜收获庄稼的人们，同时也收获着饱满的月光；我看见连夜播种的人们，翻开的土里也种下了来自天上的古老种粒；我看见连夜沉思的人，月光汹涌在他的额头，引发着他思想的海潮；我看见连夜赶路的人，他不应该感到孤独，他的头顶就有一个连夜赶路的独行侠；我看见那个连夜讨要的流浪汉，人间有不幸，但也不缺好心，连月亮也加入了救助的行列，他伸出的手里，捧回了另一个人手上的温度，也捧回了一小捧月光……

哦，月亮陪伴我们劳心劳力，月亮同情我们受苦受难，月亮喜欢我们重情重义，月亮引领我们向善向美。

五

夜里，当我走出门，经常与月亮撞个满怀，而这样的情景，我想，孔夫子有过，庄子有过，陶渊明有过，李白有过，杜甫有过，苏东坡有过，我的先人们都有过，世世代代的人们，都曾经与月亮撞过满怀。那与我们面对面撞上的，永是同一个月亮。这使我对死亡这个绕不开的话题有了别样的理解。其实，死去的和活着的人们，是同样的一群人，在月亮眼里，大地上只有明暗交替的身影，真正的死亡根本就不曾发生。

即使死了又如何呢？月亮绝不会人走茶凉，绝不会抛弃和遗忘那苦恋了她一生的忠贞恋人。百年之后，即使我变成细小的尘埃，即使我悬浮在太空，月光也会摊开她宽阔的手掌，轻轻地托起我，托我于宁静的天庭；即使我沉落于地下，月光也会夜夜赶来看我，坐在我小小的灵魂上，让幽暗的大地，渐渐显露水晶的光芒。

六

在我出现之前，月光已等待我多年了。

在我消失之后，月光仍然准时出现在一切地方。

在每一条路途，月光都先我们一步，提前走在路上。

在每一个窗口，都有月光亲手投递的秘密情书，只是，多少人竟无心收阅，却甘愿被噩梦绑架，来自天上的饱含深意的暗示，就这样丢失了。

在每一片水面，因了月光的反复流连、沉浸，即使再浅的水都有了不可穷尽的深度，有了正在形成的珍珠和宝石。

在每一个墓地，月光都静静地为死者扫墓，与风中行走的灵魂谈心。由此我相信，死者也有自己的生活，那是更神秘的生活。

在每一个社区，月光都均匀地分布，体现了平等、公正的天意，即使穷人的房子，在月夜里，也悄悄换上了天堂的屋顶。

在每一个山顶，月光都不知疲倦地连夜向这里运送和堆积纯银，仿佛在这圣洁的峰顶，人和神就要会面了，人的德行将要升华到苍穹的高度。

七

有月亮在，这个燥热的世界就不会持续疯狂燥热，月光是永不失效的清凉散，月亮是夜夜免费出诊、走遍万水千山的赤脚医生，她最擅长的医术是救治狂躁症、贪婪症、夜盲症，她随身携带的清凉散，一次次敷在我们身上和心上，让我们内心清澈，魂魄安宁，视野开阔；她给我们的医嘱，是如此简洁：安静、安详些吧，最终，你并不能带走一片月光。

有月亮在，这个不公的世界就不会彻底不公，每一个人的身上和心上，至少还均匀地享有一份月光。即使再崎岖的人生，即使再坎坷的命运，只要打开门窗，月亮，这位没有任何架子、没有任何官阶、没有丁点儿势利眼的伟大朋友，就会立即从三十八万公里之外的天国迅速赶来，走进柴门寒舍，谦卑地伏在地上，伏在你生活的屋檐下，将你晦暗的墙壁和心灵，一点点刷亮。

有月亮在，这个不洁的世界就不会变得更加肮脏，因为，至少，我们的头顶，还有一只干净、温润的掌心，在抚慰我们，在为我们压惊和止痛，在为我们拂拭尘埃，在为我们修补残破的天空。

八

我常常在月夜里漫游，面对满地纯银的月光，竟不忍踩踏，生怕污损了这从天上飘下的心灵白雪；有时，我沉浸、纠结于对人世的心疼、忧患和祈愿，当我从苍凉的心境里抬起头，久久地仰望星空，仰望月亮，望着，望着，就觉得和我面对面互相凝望着的，不只是上苍胸前佩戴的一枚水晶，那更是上苍为我们保管的、照彻天地的不朽良心。

我无数次虔敬地俯下身子，却总是无法用双手把满地的月光捧起来。

我是多么想掬起一捧月光赠给你啊！

我们为什么活着

蚕说，用一生的情丝结一枚浑圆的茧吧；树说，为荒凉的岁月撑起一片绿荫吧；煤说，在变成灰烬之前尽量燃烧自己；野花说，让你的生命开一朵美丽的花……

看见雪，我就情不自禁地感到自己的不洁和浑浊。把自己的全部情感和意识集中起来，能提炼出雪的纯洁和美丽吗？不忍心踩那雪地，怕脚上的尘埃玷污了它，记忆里就少了一个干净的去处。

从一棵古树下走过，总是感叹和敬畏。它从古代就站在这里，它在等待什么呢？它这样苍老，深深的皱纹，让人看见岁月无情的刀刃。它依然开花、结果，依然撑开巨大的浓荫。不管有没有道路通向它，它都站在这里，平静而慈祥，像一个古老的、圣者的微笑。

是一棵树就撑起一片绿荫，它所在的地方就变成风景，风有了琴弦，鸟有了家园，空旷的原野有了一个可靠的标志。我生天地间，真比一棵树更有价值吗？我能为这个世界撑起一片绿荫，增添一处风景，能成为旷野上的一个可靠的标志吗？

一棵小草，也以它卑微的绿色，丰富着季节的内涵；一只飞鸟，也以它柔弱的翅膀，提升着大地的视线；一块岩石，也以它孤独的肩膀，不顾风化的危险，支撑着倾斜的山体；一条鱼、一粒萤火、一颗流星，都在尽它们的天命，使无穷的大自然充满了神秘和悲壮……

人是什么？人活着的价值究竟是什么？我们天天吃饭（包括吃山珍海味），除了少量被身体吸收，大部分都变成肮脏的排泄物；我们天天说话，口中的气流仅能引起嘴边空气的短暂颤动，很少能感动别人，也感动自己，话，基本上是白说了；我们天天走路，走到天边，甚至走到天外的月球，我们还得返回来，回到自己小小的家里；我们夜夜做梦，梦里走遍千山万水，醒来才发现自己仍然躺在床上……那么，人活着的价值究竟是什么？

我活着，全靠自然、众生的护持和养育，我这一百多斤的躯体，从头到脚，从里到外，浓缩了大自然太多的牺牲，浓缩了人类文明太多的恩泽。这皮鞋皮带，令我想起那辛苦的耕牛；这毛衣毛裤，让我遥感到另一个生命的体温；这手表，小小的指针有序地移动着，其微妙的动力当追溯到数百亿年前大宇宙的神秘运作，以及当代的某几双全神贯注的可敬的手；这钢笔、这墨水、这纸、这书籍、这音乐、这萝卜青菜、这白米细面、这煤气灶、这锅碗、这灯光、这电脑、这茶杯、这酒……我发现，这一切的一切，竟没有一件是我自己创造的！全部是大自然的恩赐和同胞们的劳动。我占有的、消耗的已经太多太多了。为了我文明地活着,历史支付了百万年刀耕火种、吞血饮雨的昂贵代价;为了我快乐地思想,太阳、地球、动物、植物、矿物,以及整个宇宙都在没有节假日地忙碌着、运作着;为了我舒畅地呼吸,大气层、河流、海洋、季风、森林、三叶草,以及环保站的工人,都在紧张地酿造着、守护着须臾不能离开的空气……

天大的恩泽,地大的爱情。我享用着这一切,我竟不知道努力回报,却常常加害于我的恩人们:我投浊水于河流,我放黑烟于天空,我曾捕杀那纯真的鸟儿,我曾摧折那忠厚的树木,我曾欺侮赐我以大米蔬菜的农民大伯,我曾鄙视赐我以清洁清新的环卫工人……

我一伸手,一张口,就享用着大自然,就占有着无数人的劳动成果。即使我躺在床上,不吃不喝,我也在享用着它们。我至少在享用这木头制成的床,以及这棉被、毛毯(而这些都不是我创造的),我同时也在享用这和平宁静的环境(而此刻,守边的军人正穿越一片丛林,蹚过一条冰河)……

享用着。几乎是时时刻刻、日日夜夜地享用着。享用?难道人活着仅仅是享用?不是享用?那么人活着的意义究竟是什么?

以真诚的感恩去回报大自然的恩泽。
以加倍的创造去回报同胞们的创造。
于是,感恩和创造,就成为人生最动人、最壮丽的两个主题。

于是,我听见万物都在默默地启示我——
蚕说,用一生的情丝结一枚浑圆的茧吧;
树说,为荒凉的岁月撑起一片绿荫吧;
煤说,在变成灰烬之前尽量燃烧自己;
野花说,让你的生命开一朵美丽的花……

戴着草帽歌唱——读惠特曼《草叶集》

诗终将战胜一切,成为大地的记忆和人类精神的不朽星辰。

惠特曼是朴素的。他的心地和气质是朴素的,他的表情和衣着是朴素的,他头上那顶草帽是朴素的。读了多年惠特曼,最初的印象却越来越深:他是一个戴着草帽歌唱的诗人。

古往今来,有哪一位诗人像惠特曼那样,用自己一生的爱、痛苦和激情,去培植和守护一片朴素的草叶?读惠特曼,就是去接近清流、大海、高山、森林,就是重新以儿童的目光注视那斧头、牛车、船帆以及温良的马的眼睛;就是伏下身来,以感恩的心情抚摸大地的石头、泥土、种子和昆虫;就是和诗人一道燃烧、飞升起来,让心中的火光、太阳的火光和星群的火光融为一体,直到生命和宇宙同样广大而明亮……

是的,惠特曼是朴素的,他终生培植的这片草叶是朴素的,朴素得就像大自然本身,而朴素才是生命和万物的底色和内蕴。惠特曼,就是歌唱着的大自然。

惠特曼是崇高的。他的崇高不是一种姿态和腔调,不是由修养而得的一种境界,他的崇高是骨子里的、浑然天成的。面对惠特曼，我觉得是面对一座高山，它的海拔、气度、结构都是从创生的那一刻骤然呈现出来的，它的泉流、瀑布、植被、矿藏都似乎是天造地设的。这不是人工垒积的假山，这不是由技巧拼装的风景。它的每一块石头都浓缩着雷鸣电闪和日光月华，都有着不可穷尽的沧桑和奥秘。读惠特曼就是攀登一座高耸入云的大山，沿途都是寻常的石头、野草、藤蔓、飞鸟、流水，但又时时感到这一切都是神迹。它没有悬念中的高峰，每走一步都是高峰，或者说每一步都走在高峰上，而山顶，只不过是不断降临的高峰中的另一个高峰，站在上面，无论俯瞰、平视、仰望，你总感到到处是高峰，每一块石头都是高峰，每一个牛背都是高峰，每一片草叶都是高峰，每一只辛苦奔走的昆虫都是高峰，每一朵云、每一颗星都是高峰，每一片虚空都是高峰……而当你感到一切都是高峰的时候，你也就是林立的高峰中的一个高峰。这就是惠特曼的崇高——一个泛神论者的阔大情怀，将一切平凡、朴素、弱小、寻常的事物都提升到神性的高度。这不是谁都能做到的，只有惠特曼，他的灵魂就是一座天然的、崇高的教堂，万物都在这教堂里被赞美、被祭奠，因而万物都具有了崇高的神性。

惠特曼是浩瀚的，他是海洋生育的诗人，只有海洋才能和惠特曼唱和。我读惠特曼，总感到他的诗不是用钢笔或鹅毛笔一行行写出来的，不是在昏灯下一字字推敲出来的，不是用橡皮擦一次次涂改出来的，更不是用僵硬冷漠的键盘敲出来的。不，这些都不是，这是些小玩意，这是池塘和小水洼的游戏。雕虫小技，壮夫不为。我感到一次次海潮涌上岸来，一排排海浪淹没了陆地，然后就有了惠特曼的诗，他的诗就是那起伏、奔涌、不断高涨的海潮和海浪，即便是退潮，也是激情向另一个方向的壮阔推进。我甚至觉得由惠特曼握一支笔在纸片上写作是一件可笑的事情，不，惠特曼是歌唱着的大海和长河。

惠特曼是诗中的诗，梦中的梦，盐中的盐，是诗人中的诗人。他是以孩子的语言传播真理的哲学家，是大自然的情人，是所有善良的人们的共同朋友。惠特曼是我们的大叔和长兄，真的，有时候我觉得惠特曼好像就是我的哥哥。他那种纯真的情感一直保持到晚年，他是以一个天真无邪的大孩子的形象经历这个世界的。永不成熟永不世故是多么难得啊，永远以童真的微笑和语言与世界与命运交谈是多么幸福和高尚啊！读惠特曼，我总会记起这样一个情节：在一百多年前的一个早上，在纽约公共汽车上，一个戴着草帽、敞着上衣的中年男子，对身旁一位抱着孩子的少妇说：亲爱的年轻母亲，让我亲亲你的孩子好吗？少妇信任地把孩子递给他，他紧紧地抱着孩子，笑着，亲吻着。下车了，少妇抱起孩子回过头，看见他仍站在路旁举着草帽向她和孩子致意……

这就是惠特曼，他举着草帽向人类致意，向母亲和孩子致意，向生命致意，向大地和山川致意，向命运致意，向宇宙和上帝致意。然而我们不应该忘记：惠特曼终身没有家，没有固定的居所，他终身都是流浪汉。他的诗曾被误解和谩骂。这不足为奇，一种伟大的自然现象和精神现象并不是谁都能理解的。但诗终将战胜一切，成为大地的记忆和人类精神的不朽星辰。惠特曼，用他朴素而伟大的诗，为自己也为更多的人建造了一座永存的精神家园……

千古诗圣赤子心

他就是老老实实做人，严严谨谨做事，勤勤恳恳写诗。

作为凡人的杜甫

诗人杜甫以他诗歌创作的实绩，以他忧国忧民、忧天忧地的赤子情怀，尤其是他将律诗创作的意境、格调和语言提升至空前高峰的卓越贡献，被后世誉为"诗圣"。我国数千年诗歌史，诗圣只此一位，地位十分崇高。

"圣"，是后人对逝者生前言行品格的评价和追封，表达尊敬和崇仰。我通读了《杜甫全集》，感到杜甫在世时，其言行品格，体现出他是实实在在的一个好人、凡人。他是很平凡的一个人。

人们说：把简单的事做好就不简单，把平凡的人当好就不平凡。大道至简，我以为此话揭示了做人处世之大道。杜甫一生，无须神化和圣化，他就是老老实实做人，严严谨谨做事，勤勤恳恳写诗，他的一生体现了一个字：凡。

他早年也参加科考，想弄个一官半职，对国家做点儿事；他也想把日子过得好一点儿，住房稍微宽一点儿，能有个读书写作的小书房，他的好朋友、当时的成都尹兼剑南节度使严武资助他修缮了成都草堂，使他有了一段暂时安稳的生活，有了一个放稳书桌的地方，他对此很感激，多次在诗里表达对严武的感念；在国难当头的流浪途中，他做过郎中，采药制药，望闻问切，为病人提供"一条龙"服务，收取一点儿低廉的辛苦钱，供一家老小糊口保命；他心疼妻子，惦念儿女，他是一个好丈夫、好爹爹；他后来当了个副科级小官"左拾遗"，按时上下班，办公桌擦得锃亮，文件摆放得律诗般整齐，像写美文一样仔细撰写公文，从不收受贿赂，别人的酒都不随便喝一口，偶尔与同僚下班后喝一杯酒，他也是不会白喝的，一定要赠一首诗作为答谢，他是一个勤政廉洁的模范公务员；他爱朋友，念故旧，他对李白的友情很深挚，梦里都担心李白被魑魅魍魉害了；他爱山河自然，爱草木虫鱼，爱琴棋书画，爱明月清风，爱君子美人，当然，作为最善于运用语言的诗人，他爱语言，爱诗，诗成了他生命的信仰……

以上，常人也能程度不同地做到。你说杜甫平凡吗？当然，平凡。

但是，他能成为人们心中的千古圣人，他的貌似平凡的一生里，必有其一般凡人达不到的非凡之处。

作为诗圣的杜甫

有一说法：智极成圣，情极成佛。智慧高深到极致境界，就成了圣人，情感仁慈到极致状态，就成了佛陀。

诗圣杜甫就是如此。且看：

一般诗人写诗，表情达意即可，讲究点儿的，追求意新境阔、追求炼词、炼句、炼意，以达到"人人意中有，而人人笔下无"的效果，若有那么三两首能传至后世，就很欣慰了，比起速朽的身体，自己的才情好歹也算不朽了。但杜甫不然，他对写作、诗歌、语言，有一种圣徒般的虔诚，几乎达到痴狂状态，他说"文章千古事，得失寸心知"，他把写作当成千古盛事，从事文字的人怎么能敷衍千古呢？他发誓"语不惊人死不休"，他要求自己写的诗，不仅感人，而且要惊人，对读者产生电击般的心灵穿透和情感战栗，使读者对诗的意境和蕴藏，产生深刻的心灵共鸣；诗人笔下的语言，应该如同夜晚的闪电，嚓——一下子就解剖了黑夜，一下子把群山放倒在手术台上，嚓——那闪电，一下子又把群山扶起来，人们猛然看到了黑夜的骨骼，看到了宇宙无穷的深黑里，闪电划开的口子里，奔涌着赤子的魂魄。杜甫是最善于"语言炼金术"的语言大师，语言在他笔下，不是简单的表情达意的工具，语言就是存在本身，就是生命本身，语言就像那燃烧的星辰构成了意义的深海和充满暗示的深奥宇宙。那些常见的文字和意象，经由他深沉情思的驱遣和重组，忽然都变得灵光四射而又难以一眼看透，意象之光的繁复交织和互相辉映，使本已极其充实的语境里，又罩上一重重灵思和暗示的光晕，语言的暗示、象征、隐喻功能在他笔下得到了最大化增值。他的那些精美杰作，每一首都如一座语言的核反应堆，浓缩着高浓度的精神能量和高强度的感染心智的穿透力，给人以无尽想象的空间。从而在七绝、五绝、七律、五律这种仅有几句、一二十个字的极有限的苛刻篇幅里，压缩了可供无限挖掘和反复解释的情思矿藏和想象时空。我们可以静心细读和体味他的那些七律七绝、五律五绝，就知道他的语言运用的水平达到了怎样高超、高深、高妙的化境，那真正是字字钻石，句句珍珠，首首皆精品，篇篇是华章。所以后世诗人和学者都公认杜甫是律诗和绝句的圣手。（再反观我们笔下恣意流泻的滚滚文字泡沫，就知道我们不是在使用汉语，简直是在糟蹋母语，我们对不起自己的母语。）就他对诗歌和汉语的伟大贡献而言，我们应该永远感谢杜甫，杜甫是我们应该永远尊敬的写作老师和语言老师。他还要求自己写的诗，不只感动当时，而且要能穿越时空，感动千古，"尔曹身与名俱灭，不废江河万古流"。是的，那些为虚名浮利、为一时的掌声和花环而制作的轻浅的花言巧语和时尚文字，将很快被遗忘，其名声会比其肉身更快地消失，只有伟大深沉的心魂和由这心魂凝结的伟大深沉的文字，才会随那江河万古流。杜甫，他做到了，就在此刻，我笔下流淌的，正是杜甫的诗句，是杜甫的心跳、心血和心魂。

一般的人做人，做个本分人就行，不害人就行，你对我好，我对你也好，对天下国家有感情就行，自己过不好时顾不得别人，自己日子过好了才想起帮帮别人，对草草木木、虫虫鸟鸟不一定很同情，对人心善就行——当然，一般人做到这样也不错了，你不能要求所有人都是菩萨和尧舜。但是，杜甫不是这样，杜甫对人，特别是对百姓，对朋友，对国家，对天地自然和万物生灵，都有着非常真挚、笃诚、深沉的感情。在"朱门酒肉臭，路有冻死骨"的昏天黑地，他整夜整夜地失眠，悲悯受苦受难的百姓，在逃亡途中，不顾自己骨瘦如柴，若有一点儿吃的，他也要分一些给更可怜的人；唐朝快垮了，他苦闷焦虑得想哭，他竟然牵挂着试图重整江山的唐肃宗，他担心这位临危上台、日夜操劳的皇上能不能吃上一点儿肉补补身子，"感时花溅泪，恨别鸟惊心"，他比皇帝还爱江山和社稷，他那总是皱着的眉头，纵横交织着的是天下的忧患、众生的苦难和人民的眼泪，"万古一骸骨，邻家递歌哭"，他为不幸死去的可怜百姓哽咽痛哭；他深沉的感情由人及物，他牵念天下，泛爱万物，同情生灵，"旧犬知愁恨，垂头傍我床"，陪他多年的一条老狗也懂得人世的悲苦，替他分担着忧愁，他也怜惜着这只狗，生怕它死了。"细雨鱼儿出，微风燕子斜"，而当日子稍好，他就以宽厚的心境，分享着万物生长的喜悦和生灵的闲适，我们能想象他时而水边俯首，与鱼儿同游，时而风中仰目，与燕子同飞，"留连戏蝶时时舞，自在娇莺恰恰啼"，他流连着生灵的流连，自在着万物的自在。他是如此地挚爱大好河山,慨叹这"无边落木萧萧下,不尽长江滚滚来","锦江春色来天地,玉垒浮云变古今",他的血脉里澎湃着古海长河,他的心魂里巍峨着高山大岳,"窗含西岭千秋雪,门泊东吴万里船",他从一个窗口看见千秋和永恒,他从一扇门里看见万里和无限;他爱家乡,有着浓得化不开的乡愁——"露从今夜白,月是故乡明",露,此前并不太白,月,此前也并不太明。自从被他深情的眼睛一夜夜提炼,被他真挚的诗句一字字点染,我们的故乡,才终于有了如此白的白露,如此明的明月;还是那明月,"卷帘还照客,倚杖更随人",卷了竹帘,送了客人,那深情的月光仍照料着客人归去,那深情的月光不忘记给那颠簸的影子也递过去一根拐杖;他热爱着朋友李白,但并不是为了求当时已名满天下的李白给自己写"评论"推销,刷"微博"扬名,或者借用李白的人脉为自己在唐朝"作协"弄个理事或副主席的破帽子戴到头上唬人(唐朝没"作协"),没有,半点都没有,他曾经连续三个晚上都在梦里梦见李白,"浮云终日行,游子久不至。三夜频梦君,情亲见君意。"他挚爱李白,这是诗人之爱,精神之爱、纯洁之爱,不是爱他的身外之物、之名,他爱李白的才华风骨,爱李白的浪漫天真,他爱着一颗高洁灵魂闪耀的生命光芒和精神光芒,这是才华对才华的欣赏,这是诗对诗的致敬,这是精神对精神的拥抱。爱在爱中满足了,友谊在友谊中满足了,诗在诗中满足了,精神在精神中满足了。在杜甫那里,爱之外,诗之外,友谊之外,精神之外,再没有更有价值的东西了。今天，我们还有这样纯洁深沉的感情吗？

对生命和万物的赤子深情，伴随了杜甫一生。这种体现人之最宝贵品质的深情，没有因为时光推移而淡化，没有因为常人所谓的成熟和老练，而有一丝一毫变质和打折，终其一生，杜甫都是深沉地为感情活着的人，从而有了那沉郁顿挫、感天动地的不朽诗篇。

雨夜细节：韭菜与那首五言诗

安史之乱后，那一年春天的一个雨夜，杜甫拜访久别多年的老友卫八，离久聚暂，相见甚欢，他们拉开话匣子，说人生易老，说儿女成行，说生离死别，说得眼泪汪汪。叙说了一阵，开饭了，"夜雨剪春韭，新炊间黄粱"，米饭里掺着金黄的小米，饭香而可口，菜是土鸡蛋炒韭菜，味道清爽，难得为瘦弱的杜甫补充了蛋白质。安史之乱后，整个唐朝都饿，整个唐朝都营养不良，唐朝的脸上泛着菜色。这个夜晚，生活并不宽裕的主人，慷慨地接待了杜甫，接待了诗，为诗改善了生活，也顺便为骨瘦如柴的历史补充了一点儿营养和蛋白质。"主称会面难，一举累十觞"，主人说："杜甫兄弟，见一面不容易啊，咱哥俩今晚一定要一口气把十杯酒干了！""十觞亦不醉，感子故意长"，杜甫连干三杯，说："就是连喝十杯也醉不倒我，因为你这诚挚的情义无限深长啊！"那夜，雨淅沥下着，透着一股春寒，主人的夫人生火做饭的时候，主人就去门外菜园里剪韭菜，杜甫是厚道人，也是勤快人，他怎么好意思让老友忙这忙那，自己却坐等开饭吃现成。"我们一起剪韭菜吧。"说着，杜甫就与老友来到了菜园，韭菜水灵灵的。国家东倒西歪，韭菜却长势良好；朝廷树倒猢狲散，民间还保存着淳朴礼仪，你看韭菜是如此认真细腻，是如此诚恳亲切。韭菜一行一行的，雨落下来，一行一行的韭菜，就排列起一行一行的泪珠，排列着一行一行的诗。是的，是一行一行的五言诗啊，整整齐齐的，清清爽爽的，押着韵的，合着平仄的，这不是天然的五言诗吗？与老友一同在雨地里剪着韭菜，杜甫眼睛有些潮湿，他没有让老友看见，只说，这雨水落在眼窝里，也想在我眼睛里住下不走了。可是，"明日隔山岳，世事两茫茫"，今夜之后，明年的春雨，后年的春雨，以后千年万载的春雨之夜，我们还能遇到吗？一行行韭菜，就泪汪汪地排列成一首深情的五言诗。直到此刻，在我的窗外，那场雨还在淅沥着，那菜园里一行行的韭菜，还在泪汪汪地，默念着那首五言诗……

就这样，一千多年前，那个雨夜里的春韭，被杜甫保鲜在一首诗里，至今仍散发着清香。

庄子：真人无梦

他教我们如何向彼岸飞翔。他飞得酣畅而高远，两千多年了，我们还能感到那自由的灵魂仍升腾在无限苍穹。

真人有梦乎

"至人无己，神人无功，圣人无名"，是庄子在《逍遥游》里说的。在《大宗师》里，庄子还说："古之真人，其寝不梦，其觉无忧，其食不甘，其息深深。"总之是说，那种至人、真人、神人、圣人，即智慧和德行达到至高境地的人，就解脱了尘世的一切功利束缚和欲望锁链，达到了无己、无功、无名、无梦的大境界，醒时没有杂念纷扰，睡着了也不做梦。

我丝毫不怀疑庄子就是那种真人和至人，读他那吐纳天地、汪洋恣肆的雄文，就可知其生命意识和智慧境界之真、之高、之大、之渊深。

但我怀疑，庄子睡着了真的就不做梦了？

庄子有大梦

恰恰相反,庄子不仅做梦,而且做的是大梦。

庄子的一生是做梦的一生。一部《庄子》,就是梦境的记录,可视为一部画梦录,一部瑰丽神奇的梦书。

庄周梦蝴蝶,不就是庄子做的一个著名的梦吗?庄子在梦中变成了蝴蝶,梦醒了,恍恍然,一时弄不清,他究竟是蝴蝶呢,还是庄周?究竟是庄周在梦中变成了蝴蝶,还是蝴蝶在梦中变成了庄周?也许,此时他在梦的边缘意识到的这个"自我",只是一个幻象,一个被蝴蝶梦见的影子,他看见的这个他,只是蝴蝶梦中所梦见的那个幻象?一句话,他的存在也许只是蝴蝶梦见的一个梦境。

孩童般的梦

不要以为庄子是在故弄玄虚,绝不是的。

古时候,人刚刚从自然中分离出来,自然的脐带还没有完全脱尽,人的身心还深扎在混沌神秘的自然母体里,人的身心里还保留着漫长的史前洪荒岁月沉积的记忆,比起人用文字符号记录和积攒的那点儿极其有限的文明经验,史前的洪荒记忆可谓浩瀚无边。我想那时的人应该是多梦的,醒时与梦中,现实和梦幻,眼睛看见的物象和潜意识里纷呈的幻象,常常是恍兮惚兮,分不大清楚的，那时的人整个儿处在半梦半醒、似醉非醉、亦真亦幻的梦游状态。恰如刚落地的婴儿，他大睁眼睛看见的这个尘世，是多么的奇怪和不可思议，他面对的是一个他根本不能理解的世界，又像是在不久的前世刚刚经历过的世界。他看见的一切都令他惊奇和惊诧。婴儿眼睛看见的，并不是我们熟视无睹、见惯不惊，甚至不以为意的用旧了、住腻了的这个世界，他看见的是一连串的惊奇，是无尽的惊诧。婴儿看世界，那不是看，那是在做梦，他根本分不清，这个从没见过的世界，这突然出现在眼前的一切，究竟是被他梦见的，还是被他看见的？婴儿的梦见和看见，其实是一回事，因为婴儿都是沉浸在梦中的，醒着恰是他在梦着，睡着了反而是梦的休息和停顿。婴儿的生活是一种梦态的生活，他不曾沾过一滴酒，但婴儿都是酣醉着的。从自然母体里走出的最初的孩子，都是一些先天带着醉意的梦游者、幻想家，他们用刚刚睁开的眼睛眺望这个扑面而来的世界，这看世界的"第一瞥"里，充满了惊奇、惊叹和惊诧（任何时代的真诗人，其实也就是人群里保持着赤子之心、婴儿之真的梦游者和幻想家，是极少数不被社会和文化污染的纯洁天真的宇宙婴儿）。

庄子就是这样的孩子，在他那个年代，尚属于文明发育之初，人类已经有了一套简约的符号系统，对自然、社会、人生给出了一些说法，许多人就以为这些说法是圣言、天则和终极真理。尤其儒家的伦理学说，将人锁定在人伦等级网络里安身以立命，而并不追寻宇宙万有的本源和终极之谜，这虽然有助于建构世俗生存的伦理秩序，从而方便统治者的需要，对社会进行有效管理和控制，也有利于众生的相对有秩序、有道德的生存。但这实际上也缩小了人的生命格局和精神空间，让人只关心自己在人伦秩序中的位置、得失、进退，所谓仁义礼智信，都是着眼于、用心于人与人关系的有限视域，而并不或极少追问宇宙和生命的本源性问题和终极真理，等于把无限的自然宇宙剥离在人的心智之外，将人锁定在伦理秩序的等级囚笼里，仿佛人世之外没有自然，更没有宇宙。这就直接或间接地关掉了人们眺望和沉思那更高的无限超验领域的精神天窗，关闭了人的想象空间，屏蔽了人的天地情怀，取消了人的做梦能力（也提早叫停了人对自然之谜追根问底的科学求索精神）。儒家口口声声推崇君子，斥责小人，却似乎忘了，人一旦锁定在伦理等级秩序的囚笼里，很可能就渐渐忘了天地之广袤，不知宇宙之无穷，而把自己活着的这点儿小小时空当成终极之所，终日孜孜于盘算人际事务和利益博弈，不再"仰观宇宙之大，俯察品类之盛"。这样，造成小人的概率就大，而铸成君子的可能性就小，得意了则忘形，失意了则落魄，无论得意失意，都是在蜗牛壳里做道场，在红尘人群里论输赢，那境界能大得起来吗？即使大，又能大到哪里去呢？以儒家作为主流文化的古代中国，倡导了几千年的君子，君子却寥寥不多，而小人滚滚成群。何以故？将人的眼光和心智，过早地、严密地锁定在人际囚笼里，这样，人群里充斥的只能是对等级的追逐和对利益的算计。大家都把在人群里出人头地、光宗耀祖视为终身大业和终极大事，有限遮蔽了无限，对功利的追逐取代了对真理的追求，人的机心就多了，道心就少了，小人自然就多了，那种与宇宙对称的伟大心胸，即大人胸襟、君子情怀就少而又少了。

最有想象力的人

庄子在当时已经感受到了这种摒弃了终极关怀，宇宙意识过于稀薄的礼教文化对人的精神生命的缩减和阉割，他感到了这种局限于红尘伦理的文化把人塑造成了蓬间雀、泥中虾，塑造成了类似"朝菌不知晦朔，蟪蛄不知春秋"的爬行类生物，全然匍匐、自闭于渺小尘埃里。尘埃之外，不知有春秋，不知有宇宙，从而彻底关闭了心灵之窗，彻底丧失了超越能力，变成了精神空间非常逼仄的可怜的伦理微生物。而只有人的心胸完全敞开，在与天地精神往来、对接和互动中，才能从天地的浩然气象和宇宙的宏伟空间里获得召唤、启示，生命格局和心灵世界才能得到拓展和熔铸，从而拥有一双日月眼和一颗天地心，拥有一种吐纳万有、悲悯众生的伟大襟怀和宇宙情调。

庄子就是那个时代最有想象力的人，是沉浸在梦幻之乡里的精神大师和幻想首富，《逍遥游》《齐物论》《天道》《秋水》《至乐》等，篇篇都是超越时空、化合阴阳、连接有无、打通生死的梦幻乐章。他和鲲鹏同游，他和无限神交，他甚至和骷髅对话。

他把生命置于广袤无垠、永恒无终的宇宙长河里去体认、去思辨,对那浸泡在现实池塘里的功利追逐和世俗伎俩,庄子则半点都不认同,也丝毫不感兴趣。他认为那是心为物役的作茧自缚和自我囚禁,他主张"吾丧我",通过心斋、玄览、坐忘、神游等修养方式,摒弃物欲,澡雪精神,除却秽累,断绝杂念,达到忘我、无我,与宇宙同化、与万物合一的无限境界。在这种瑰丽、浩瀚的生命飞翔和精神漫游中,他体验了无边的自由和欣悦,也体验了梦醒时的惆怅和失落。他的梦幻之旅里,交织着狂喜和旷达,哀愁和悲切,混合着解脱的快乐和意识到羁押在有限肉身里并且必将死亡的人的生命的渺小与可怜,然而,他毕竟在"与物同游""与天地精神往来"中获得了生命超越的自由和快乐,体验了人所能领悟到的宇宙的广袤和造化的无穷,而这广袤、这无穷,毕竟是人的智慧能够感通和接纳的,在感通和接纳中,人的生命时空就得以无限地扩大和延展。在那无己、无名、无功、无为的浩瀚无边、澄澈空明的生命境界里,人其实已经与宇宙、与无限融为一体,"宇宙便是吾心,吾心便是宇宙",吾丧我,实乃我消融于无边宇宙之中,宇宙即我,我即宇宙。于是,那宇宙呈现的一切,即是我梦中的一切,即是我怀抱的一切,即是从我的胸臆里漫溢出的无穷生命幻象。生与死的冲突消融了,有与无的分别消融了,大与小的界限消融了,人与天、心与自然、意志与自由、人性与神性、有限与无限达到了和解、浑融和同一,在壮丽的梦态神游中,庄子,实现了对生命的诗意认领和审美超越。

两个伟大智者的梦

如果我们将孔子的梦和庄子的梦做个对比,就可看出两位伟大智者的人格和生命意识的异同。

孔子晚年曾经感叹"甚矣吾衰也,久矣吾不复梦见周公",可见,孔子平生做梦,梦见的是人,是他思慕的政治人物和道德先贤,是有关修齐治平的人伦偶像,是人间物事,是"人物",而非"天物",更非鬼神之类。那些属于超越界的事物和不可理解的事物,他都是如敬鬼神而远之的,大约也不会在梦里出现。他孜孜以求的是君君臣臣父父子子的礼乐秩序,是没有血腥和倾轧、礼乐和合、人我和睦、天人合一的大同世界。

而庄子的梦境全然是自然幻象,是扶摇万里的鲲鹏,是那在无何有之乡里奔流的"玄水",是翩飞于他乡的蝴蝶,是出没于幻境中的骷髅,一句话,庄子梦境里出现的都是"天物",而非"人物"。庄子追求的,是生命从有限的枷锁中如何获得解放,是精神的凌虚高蹈和自由飞翔,是人在无限和永恒的背景里领略到的与宇宙对称的生命境界和崇高气象。

两个古人和他们的梦,谁伟大?我认为他们都很伟大,他们做的,都是宇宙暗示给人类的大梦。

孔子操心着现实的人伦事务,他是一个忠诚的现实主义道德秩序的梦想者和践行者,他的梦是尘寰之梦,但也是不容易做圆的社会大梦、人生大梦,他的梦需要知行合一地认真去做,去落实，他的梦关乎如何减少人的生存苦难，如何改善人的现实境遇，如何增加天下的安宁和众生的福祉。

庄子醉心的是生命如何摆脱有限与死亡对生命的奴役和否定，从而达到与万物同游的无限自由境界，他的梦是对羁押在肉身监狱里、囚禁在现实牢笼里的人的心灵的大赦，是精神在无限领域里的浪漫舞蹈和审美狂欢。他的梦扩大了人的心灵幅员和精神疆域，把宇宙的无限和永恒属性纳入了人的精神范畴，从而大大丰富了人的内宇宙，使人的存在具有了宇宙学的意义。庄子为我们打开了一扇天窗，让我们看见，在有限的、不自由的境遇里，人可以通过审美超越而达到生命的自我解放，达到与无限合一的境界。

孔子是伟大的现实主义者，他教我们如何在此岸走路。他走得笃诚而辛苦，两千多年了，我们仍能听见那感天动地的足音。

庄子是伟大的浪漫主义者，他教我们如何向彼岸飞翔。他飞得酣畅而高远，两千多年了，我们还能感到那自由的灵魂仍升腾在无限苍穹……